招摇过海

周于旸 著

浙江文艺出版社
Zhejiang Literature & Art Publishing House

图书在版编目(CIP)数据

招摇过海 / 周于旸著. —杭州：浙江文艺出版社，
2023.9
ISBN 978-7-5339-7319-3

Ⅰ.①招… Ⅱ.①周… Ⅲ.①短篇小说—小说
集—中国—当代 Ⅳ.①I247.7

中国国家版本馆CIP数据核字(2023)第146542号

责任编辑	张恩惠	营销编辑	张恩惠
责任校对	许红梅	装帧设计	吴　瑕
责任印制	张丽敏	数字编辑	姜梦冉　诸婧琦

招摇过海

周于旸　著

出版发行	浙江文艺出版社
地　　址	杭州市体育场路347号
邮　　编	310006
电　　话	0571-85176953(总编办)
	0571-85152727(市场部)
制　　版	杭州天一图文制作有限公司
印　　刷	浙江省邮电印刷股份有限公司
开　　本	787毫米×1092毫米　1/32
字　　数	143千字
印　　张	8.875
插　　页	5
版　　次	2023年9月第1版
印　　次	2023年9月第1次印刷
书　　号	ISBN 978-7-5339-7319-3
定　　价	68.00元

目录

招摇过海

太平洋上有一座荒岛，荒岛没有名字，岛上的人出海之前，先朝海里扔了个瓶子，瓶子浮在海面上，随海风盘旋，沿波浪前行。岛民修庙祈福，庙中竖起石像，一只巨手朝天握拳，手指粗如树干，手里握着玻璃瓶。岛民每日祭拜，行献礼，唱望燎。七年之后，瓶子被大海另一边的渔民捡到。这个渔民是我的舅舅曾传裕，当时他在东海捕捞到一条大鱼，身长十米，重达千斤。起初他以为渔网网住了河底巨石，身边的人建议他放弃捕捞，但曾传裕隐约感受到了一股劲，借用他后来的说辞，他听见了来自海底的声音，不响但很清澈，绝不是石头的呜咽。

　　曾传裕召集了船上所有人，把鱼从海里拉了上来，大家聚在一侧使力，险些将船翻进海里。这是他从未见过的鱼类，头尖腹平，宛如熨斗，眼睛和手掌心一样大，口前有触须两对，身上无鳞，但尾鳍处棘鳞密布。或许是体形庞大的缘故，鱼在甲板上显得格外安详，身上包裹了一层水衣，日光照下，鱼身仿若流体。渔民们已经开始庆祝，即便是首次出海的打捞员，也能看出此鱼价值不菲。为期十五天的海上作业才到第七天，曾传裕决定提前返航。

码头上的人已经备好了吊车和卡车，上一次派出吊车吊鱼还是1999年的秋天，一条死去的鲸鱼搁浅到了岸上，如今已过去八年。曾传裕回到海港时，等着买海鲜的顾客全都拥了上来，大鱼往岸边投下一个结实的巨影，遮天蔽日，庞然如山。未等鱼从船上运下来，已有老板开价十万，曾传裕已经得意过头，根本没有瞧他一眼。老板说，你不如卖给我，运到养殖场鱼早死了。曾传裕说，死不了。老板说，肯定死。曾传裕说，死也不卖。曾传裕侧着身子穿过熙攘的人群，叫呼声此起彼伏，有人叫他现杀活鱼，有人问他多少钱一斤。他一概不理，径直找到事先联系好的工头。曾传裕在电话中详细描述了鱼的大小，但是派来的卡车还是保守了些，即使把左右两边的挡板都打开，也只能勉强装下一半。曾传裕对着工头大骂，我不是说了吗，起码要八轮的。工头声称镇上的大卡车都去市里运煤炭了。曾传裕又骂，运那玩意儿干吗？工头说，过冬。曾传裕朝海岸边望了一眼，一只木筏在水里忽沉忽现。他灵机一动，想了个办法，叫来了一辆同样大小的卡车，放下挡板，并排停靠，间隔半米，再用吊车将大鱼吊起，缓缓放置于两块车厢板上。鱼头浮空搭在外边，鱼尾与车厢板贴合，从上头看，好像两只摊开的手掌间端了支牙膏，毕恭毕敬。曾传裕派人布网，盖在大鱼身上，四个角打上结，两个人站到车厢板上，往鱼身上喷淋海水。一切就绪之后，曾传裕爬上车厢板，站到两辆卡车中间，确保两辆车始终对齐，鱼就在他身后，车速不到四十码。碰到转弯口，车速降到三十码。司机朝海水养殖场方向驶去时，曾传裕敲了敲车窗，说，不着急，先绕一圈。司机问，绕哪去？曾传裕目光笃定，喊道，绕镇一圈！

那是众目睽睽下的一次招摇过市，道路两旁的居民楼里，很多脑袋从窗户里探出来。街道上挽住自行车的人们，驻足于黑压压的卡车影子下。终于有人喊了一声，这是鱼。大家才得到指引，看清鱼头，认出鱼尾，辨认出鱼的样子，继而发出被震慑后的惊叹。曾传裕站在车厢上，半个身子高过顶棚，双脚跨着两辆卡车。他这一生从未像此刻一般威风，仿佛林中巨树，迎风招枝，阳光从臂弯内倾泻而下。在他身后，跟随着一群想买鱼的人，拍着车厢板出价，转完一圈，竞价已过二十万，簇拥者超千人。春节时有舞狮队伍穿镇而过，也远没有这样的规模。他们跟着卡车一起来到海水养殖场，大鱼再度被吊车升起，又再度入水，鱼摆了一下尾巴，一层激浪像拉链一样在水面上缝合而过。完工之后，曾传裕俯身蹲在车厢板上，第一个想买鱼的老板仍站在队伍最前面，曾传裕指着他，大声说，看清楚了，鱼死没死？那位老板被噎得说不出话，拨开人群愤然离去。

见证大鱼入水之后，大家都知道曾传裕不准备卖了，怒骂几句后，人群很快散去。傍晚时分，曾传裕仍守在养殖场里，迟迟没有离开。暮色四合，晚风冷冽，天地间黯淡无影，只剩下他烟头上的一点光火。面对如此高额的出价，曾传裕的心底已起波澜，但未曾向人言明。把鱼杀了卖掉是一个办法，不过按照他的经验，既然有人报价二十万，实际价值应当远超于此。思忖了一阵后，曾传裕有了答案。

大鱼在池中养了一天，为了给它腾出地方，他们清出了其他的水产。到了第二天，镇上的研究员来了，曾传裕请他鉴定鱼的种类。研究员见到后大惊失色，但并未给出明确的回复，而是用相机拍下了鱼的照片，叮嘱他们要好好养护。一个礼拜后，渔政部门的人来了，穿西装打领带，脖子上挂着证件。专家称这条鱼名为咬陆鱼，源自恐龙时代，已有一亿三千万年的历史。曾传裕问，那得值多少钱？专家说，贩卖保护动物是违法的。曾传裕这才意识到他们要收走这条鱼，一下急了眼，跟渔政部门的人推搡了起来。其他渔民见情势不妙，冲过来帮忙，但思想没有统一，有人劝阻，有人攻击。混乱之中，曾传裕被扯出人群，他也不急，去卡车座位上拿了个扩音器，按下开关，对着扩音器大喊，谁敢动我的鱼！这时两拨人已经分开，渔民沿着湖站成一排，以曾传裕为首，手持喇叭大声怒骂。另一边为部门的人，高举着证件，虽然人少，气势上毫不示弱，喊了些庄严的口号，大意为，谁来阻拦，牢底坐穿。曾传裕又喊，你们当中，做主的是哪一个？对面站出来一人。曾传裕说，我是渔民，捕鱼贩鱼，天经地义，凭什么收我的鱼！渔政部门的人提醒他，倘若查得再严苛一些，已经涉嫌诱捕保护动物，如今已是宽大处理，再要闹，就是不知好歹。曾传裕说，这我不管，拿文件来。部门的人说,话已经讲明白了,这鱼你卖得出去吗?卖了判多少年,你心里没数吗?

话说到这里,曾传裕手里的扩音器变得沉重了,他无法做出决定,迟疑了近两分钟,一口气没有撑住,终于缓缓放下扩音器。渔政部门的人见状,立刻开始工作,启动吊车,伸长吊臂,把吊绳绑到鱼尾巴上。曾传裕站在一旁,身体僵直,眼睁睁地看着大鱼再次被吊车捞起。咬陆鱼不停地抖动身体,力道十足,体内似有弹球,甩出的水洒到底下人的脸上,除了海水独有的腥味外,还有几分古朽的气息。鱼的眼神向来空洞无物,目光不明。但是在它升到最高点的时候,曾传裕确信,他和咬陆鱼有过一次默契的对视。

大鱼被带走后,曾传裕消沉了好几天,捕鱼的工作也停下了,整日坐在咬陆鱼待过的水域边,坐久了精神恍惚,仿佛依旧能看到它在水中沉潜。一日傍晚,夕阳照向湖面,湖心处波光闪烁,水面像一块皱了的玻璃,全是折痕,流动起来晃人眼睛。曾传裕拎了瓶白酒,一不小心喝多了,醒来时身体浮在水里,脚掌冻得失去知觉。他吓了一跳,打着哆嗦回过神来,从水里爬起来时,还不忘去捞酒瓶子。但他发现瓶子变了,不是自己带出来的那个小白瓶，变成了一个长口玻璃瓶。瓶口有木塞，打开一看，瓶子里是一块方布，密密麻麻写满了字，仔细辨认，讲述的是一个岛屿的历史，背面还画了一张地图。回到家后，他把这块布摊在正对大门的八仙桌上，妻子刚做完生意回来，手里拎了两把花。曾传裕说，东西放下，来看看这是什么。妻子凑过去，分明看到曾传裕两眼放光，说出了一句令她终生难忘的话。他说，这是藏宝图。

曾传裕在我十三岁时下落不明。他留下的话不多，一句话是这个，另一句话是，人生在世，如鱼游网。这句话是对我说的。那是我记事以来第一次去他家吃饭时，不到七岁，过中秋节，围桌八人，是我们一家和曾传裕一家，加上我外公外婆。桌上的菜大多是海鲜，由曾传裕亲自捕捞。我妈其实不太乐意，她说这几天胃不舒服，想吃点祛寒的。曾传裕说，我自己抓的鱼，不比你菜市场买的新鲜多了？摆在桌子最中间的是一条大黄花鱼，盘比别的要好看一些。吃完一半，我见没有人翻身，便去动筷，夹住鱼头，刚要用力，曾传裕打掉了我的筷子，面色极为难看，皱着眉头说，什么毛病？你妈没有教你？我妈当时正在给我剥螃蟹，还没顾得上擦，立马按住了我的手，说，是我忘记了，哥你不要见怪。我爸咳嗽了一声，但是没有说话。我妈凑到我耳边，小声跟我说，舅舅是渔民，吃鱼不能翻身。我说，翻了会怎么样？我妈说，触了翻船的霉头，不吉利。我说，那不是浪费食物？说这话时我没压住声，给他听了过去，曾传裕话不多，要发表长段的讲话，要么是说教，要么是吵架，那几句话，两边都沾点。他说，做人要有规矩，规矩就是你的网，人生在世，如鱼游网，鱼死网破，网破鱼死。当时我没有听懂，他说完之后，饭桌上没有声音。

我舅舅脾气很臭，在镇上广为人知。十多年过去，他成了镇上的传奇人物，但大家提起他，还是会说起当年那句顺口溜，曾传裕，捕的是鱼，脾气像驴。这其中有一些历史原因。我外公是镇上最早的一批渔民，十五岁随父辈出海，靠山捕野味，靠水吃海鲜，哪怕在饥荒闹得最严重的日子，从来没有少吃过一顿。我舅舅是在海上出生的，按照从先祖那里流传下来的说法，出生在海上的人，会得到海神的祝福，天生就具备耕耘大海的能力。也是因为这个原因，外公早就帮舅舅拟定了一生的志业，当好一个渔民。舅舅永远记得我外公对他说的话，你是在海上出生的，人世间没有什么可以淹没你。但舅舅不愿当渔二代，他是闻着鱼腥味长大的，这些教训听得越多，叛逆的情绪就更加强烈。他连游泳也不肯学，外公叫他出海，他就假装晕船，事先吃两盘花生米、半斤肥猪肉，上了船就在甲板上呕吐。外公也没有琢磨明白，家里世世代代做渔民，怎么到了曾传裕这里，基因反而坏了。

曾传裕不做渔民，倒也有别的出路，十七岁那年，他成了镇上为数不多的大学生，问家里要钱，到北方念了四年书。外公心里不太乐意，捕鱼就能挣钱，这学费交得，将来干啥能回本？曾传裕去了大城市，念完回家心高气傲，早已看不上父亲那一辈渔民，更让外公觉得他念书念坏了。曾传裕对什么事情都要指指点点，发表一番自己的看法，闹得家里人十分头疼。他是最早提出要把木船换成铁壳船的，时代变了，工具也要升级。外公说，哪来的钱？这玩意儿一买，好几年白干。曾传裕说，放长线才能钓大鱼，这点道理不懂，得亏你还是个渔民。外公说，你有出息，你不出海，将来做什么？曾传裕冷笑一声，说，早就找好了，有家大企业请我做财务。外公说，财务是干啥的？曾传裕说，就是数钱的。

外公说，数谁的钱？数你老板的钱，你自己有钱吗？说完开始哈哈大笑，曾传裕被怼没了气，讲了两句脏话，然后说，老头子，下了船你什么也不是，我将来挣的肯定比你多。

曾传裕把他的坏毛病带进了职场，刚开始做财务，就想着要参与公司决策。领导让他先做内账，曾传裕一点不上道，假账不肯做，反手还把公司给告了。一番大义凛然后，不仅好处没捞着，还在业内背上了坏名声。进了第二家公司，曾传裕收敛许多，老实挣钱，不再闹事。业务能力很强，常被领导夸奖，但月薪不高，扣除房租没剩多少，收入想超过父亲，起码还要干个十年。不料第一年没干完，被同事背后捅刀子，翻出了他在上家公司干的事，老板知道后十分担忧，找了个借口将他开除了。这是曾传裕自己的说法，后来由舅妈转述给我。讲这些事的时候，曾传裕轻描淡写，用词简略，早年怀才不遇难得志的愤恨，到那时已经没有了。至于实际情况到底如何，更无从知晓。按照舅妈的推断，曾传裕这人，就爱跟领导对着干，心比天高，自命不凡，老觉得别人不如自己，后面的职场生涯一直不顺，背后是有原因的。

在外地打拼了五年，曾传裕回家了，这事超乎所有人的预料。在外公看来，按照曾传裕的脾气，要不是走投无路，是绝不可能回来的，冥冥之中，一定是大海召唤了他。关于返乡的理由，曾传裕自己也说不清。五年了，没有交到一个朋友，每晚回到单身公寓，拉开窗帘，望着城市的霓虹灯光，耳畔传来的却是海浪撞击的声音。有一晚他接连做了两个梦，第一个梦里，他在大海深处垂钓，一坐就是五年，最终钓到一座孤岛，钓饵钩住山顶，将这座大山扯出海面，他坐在顶上，一生都没有下山。在第二个梦中，一位大仙要帮他算命，递给他一支毛笔，让他在纸上写下自己的名字，他不小心把名字写成了曾船裕，拿笔要改，却发现怎么也改不了，一连写了好几个船字。大仙制止了他，说，你要的就是这个船。曾传裕突然吓醒，惊出一身冷汗，接连失眠好几天。一个礼拜后，他产生了回家的念头。

曾传裕返乡时，无法掩饰脸上的失落，钱没挣多少，但是筵席还是照衣锦还乡来办，摆了六桌。那会儿我还没出生，后面发生的事，是多年后从外公那里考据而来。曾传裕当时阴沉着脸，一反常态地安静，没说一句话，吃饭只挑蔬菜吃。别人上来敬酒，夸他有出息，村里难得的大学生，曾传裕也不回敬。吃到一半，外公的脸色越来越难看，终于从椅子上站起来。他说，我儿子想明白了，以后不折腾了，跟我出海捕鱼。曾传裕一听，也坐不住了，刚想怼两句，亲戚们已经在鼓掌，七嘴八舌，说，哎哟！就该这样！恭喜恭喜。曾传裕算是明白了，小子终究玩不过老子，没等菜上完便愤然离席。

第二天早上，外公给了他一张网，要带他去码头，曾传裕不情不愿。走到海边，风一吹，他就醒了，木船已经换成了大铁船，一船带七艘小船，安静地陈列在岸边。外公说，名字还没喷上去，你要是肯干，这船就写你名字。曾传裕想起往事，心里多少有点起伏，捏着鼻子不吭声。外公递给他一根红塔山，说，抽烟学了不？曾传裕挥了挥手，说，不会。外公给自己点上，说，不抽是好习惯。然后吐一口烟，眯着眼看向远处的海平线。没过几年，曾传裕随父亲在海里乘风破浪的时候，也变成了和他一样的老烟枪。他们俩在相处合作中变得越来越相像，皮肤黝黑且粗糙，口音浑厚且沙哑，脸上起白斑，就连皱纹生长的纹路也一模一样。外公教会了他织网、捕鱼、卖鱼和开渔船，曾传裕悟性高，学得很快。但他心里还是有股劲，没有那么甘心，哪怕当个渔民，也想干点别人干不了的事情。

曾传裕出海的第三年，事情有了转机。当时他在外海作业，跑得比平时远一些。一日收网，捞起来一个前所未见的物体，阳光下映照出一个长条黑影。有人说是一条大金梭鱼，有人说是氧气罐。直到把它运到甲板上，发出清脆的金属碰撞声，他们才意识到这是多么危险的东西。那是个线条优美的长圆柱体，将近两米，像一支按比例放大的钢笔，头部还有个帽儿，尾部装有四块小叶片。外公第一眼就认出来了，这是一颗鱼雷，而且不是用来炸鱼的民用鱼雷，是一枚实实在在的炸弹。他和众人商量着要将它扔回海里，又害怕它受到震荡引起爆炸，已经有了舍弃一条小渔船的打算。这时曾传裕从围观人群里出来，说，我要把它带回去。外公说，不要命了？曾传裕说，这不是咱们这儿的东西，交给国家，肯定有赏。外公说，半路响了怎么办？十几条人命，你不稀罕活别人还想活。曾传裕说，别在这耗着了，你们都上小船，这船我开回去。外公气得涨红了脸，说，怎么生了你这么个不懂事的畜生。曾传裕说，你也上小船，别磨叽。周围也有人安慰外公，说，年轻人有魄力，是好事，这鱼雷炸不了，说不定真能立功。外公一听更恼了，大骂道，不是你儿子，在这说风凉话。说完后，没人敢再劝他。曾传裕拿了根鱼叉敲着铁栏杆，说，我马上开船，怕死的都上小船。众人离去，只剩下外公和曾传裕。曾传裕说，你也下去。外公说，你去开船。曾传裕说，没必要，一颗雷炸俩人，不值当。外公说，我年纪大了，听不得这个，你去开船。曾传裕说，得留一人照顾我妈，你下船，我一人也能开。外公说，那我去开。曾传裕说，都是大老爷们，没必要搞这么矫情。

最后，外公还是下了船，坐在小船上望着曾传裕离去。太阳正要落下，天空昏暗无光，海面上望不见影子。渔船驶过处，划开的波纹迅速聚拢，泡沫也成串地破灭，只要看一眼那景象，都会觉得像是最后一次道别。渔船下捞，网里全是鱼，他却一点也高兴不起来，尽往最残酷的地方想，基本没留活口。船从视野里消失的时候，外公想起曾传裕之前跟他科普过，地球是圆的，海就像一个小山坡，所以轮船开着开着就会看不见，是中间隔了个坡。出海这么多年，还是他头一回观察到这个物理现象。旁边的人小声说了一句，放心，没炸。外公瞪了一眼，起身去捞网。

曾传裕上岸后，立刻报了警，相关部门派了人，运走鱼雷，送了面锦旗。这事在镇上引起巨大轰动，曾传裕接受了三次采访，上了两回当地新闻。第一回介绍他，第二回介绍鱼雷，这是颗来自国外的反潜鱼雷，最新的型号，极具科研价值。市里的领导来感谢他，记大功一件。曾传裕趁机邀功，恳请领导帮忙安排工作，声称自己干财务出身，不想再当渔民。领导满脸堆笑，说，都妥都妥。曾传裕不放心，特意要了个办公室电话，才肯放领导离去。那天晚上，曾传裕站在海岸边，一度红了眼圈，他已年过三十，一直以来就有个毛病，就是不认命，浮沉这么多年，生活终于有了起色。他在大学学金融那会儿，畅想自己未来的情景，一个西装革履的白领，坐在敞亮的写字楼里，办公桌正对着落地窗，每到下班的时间，抬眼望去就能见到夕阳。无论如何也不会想到，如今竟连鱼雷也扛上了。

曾传裕不肯出海了，每天就待在家里等电话。当然不只电话，也有可能是一个快递包裹、一封挂号信，领导上门也不足为奇。等了一个礼拜后，他有点怀疑，等到半个月过去，他已十分动摇。一通电话拨了过去，刚接上他就愣了，您所拨打的电话是空号。他又拨了两遍，仍是一样的结果。曾传裕完全慌了，意识到中间有问题，设想了几种可能，还是倾向于自己写错了号码。其实到这时候，他就没那么笃定了，虽然还是不愿出海，但家里也坐不住了。他四处打听，准备登门拜访，这事又费了他一个礼拜，打听到领导办公地址后，转了好几路公交车才到市里。进不了大楼，就在门口候领导下班，终于见上了面。领导说，我记得你，你是那个捞鱼雷的渔民。曾传裕说，领导，工作的事帮我安排没有？领导说，什么工作？曾传裕说，当初说好的，帮我安排来市里工作。领导说，你这事业干得挺好，是个人才，还能立大功，要好好干下去啊。领导说完就要走，曾传裕一把拽住他的胳膊，拉着不放，领导一开始好言相劝，到后面直接叫了保安，说，这人闹事，帮我拦一拦。领导往楼里走，曾传裕进不去，挣脱了保安，说，我站在这也犯法吗？他站在门口守株待兔，甚至做好了等一晚上的打算。但没过多久领导又出来了，也不搭理他，迅速从他身旁抹过去，径直上了门口一辆黑色小轿车，应该是事先叫好的。

曾传裕坐车回家，一路上骂骂咧咧。到家之后，他又借酒浇愁，摔酒瓶子，闹得邻里皆知，在屋里头边哭边喊，这么多年，一个机会也不给我啊！足足喊了两天两夜，没人劝得住。到了第三天，他完全不闹了，又跟外公出海去了。外公问他，想通了？曾传裕说，没想通，这辈子想不通了。曾传裕一头扎进海里，干起活来不要命，养护船只，维修渔具，什么事都做，一天放八次网，觉也不睡，追星逐月，观天象测风雨，台风来了也不跑。曾传裕后来跟我舅妈坦白，他当时不要命，是觉得心上无牵挂。他以为死里逃生的次数多了，总能抓住些什么，摊开手一看，什么也没抓住。

曾传裕结婚那年，正好我出生。他和舅妈是亲戚介绍认识的，舅妈在镇上开花店，介绍人对外公说，花香能去鱼腥味，这姑娘肯定镇得住他。第一次见面，曾传裕觉得挺好。第二次见面，曾传裕送了我舅妈一副鱼骨，镶在木框当中，那是种罕见的鱼类，骨架像两把梳子，对称着打开，刺骨细而长，密集却有条理，并不交错，只有海里的鱼类才会有如此完美的线条。处了半年之后，两人决定结婚，婚后曾传裕踏实了一阵，不再玩命，休渔期间，跟着舅妈一起打理花店。鱼汛来临时，曾传裕要出海大半个月，等他归来的那天，舅妈总是早早地就守在了港口，手里捧一束百合花。曾传裕下船时，第一个望见的总是她，眼里没有别人。舅妈迎上去，把花递到他手里。曾传裕说，还费这事，不如给我备两条毛巾。话虽这么讲，但也接过花束，将舅妈搂进怀里。船员鼓掌起哄，在一片欢声中，捕鱼作业就算圆满结束了。

这种好日子维持了不到两年，曾传裕再次崩溃。两个人生不出孩子，去医院做检查，也没查出来问题出在谁身上。曾传裕是主要怀疑对象，因为他一身坏毛病，抽烟喝酒全占了，从来没爱惜过身体。之后是漫长的疗愈阶段，亲戚们接连献出自己的偏方，三月一个疗程，曾传裕做梦都能闻见体内散发的中药味。折腾几年，未见任何起色。一天晚上，将要入睡时，曾传裕突然认真起来，问舅妈后悔没有。舅妈说，后悔什么？曾传裕说，你要是跟了别人，小孩早就抱上了。舅妈说，我跟你提过小孩的事没有？曾传裕说，没有主动提过。舅妈说，我不提，你也犯不着提。曾传裕说，人为什么要生孩子？我仔细想了想，不生也是可以的，你说是不是这个道理？舅妈说，想不了那么多，头疼，睡觉吧。曾传裕说，不生比较省事，我俩可以快活一点，一辈子围着孩子转，也没必要。舅妈说，怎么快活？都到这个份上了。曾传裕说，我听出来了，你还是不高兴，还有个办法，不一定能成功，但可以试试。

曾传裕告诉舅妈，自己是在海上出生的，身体构造跟别人不一样，坐船出海时，会比在陆地上更有劲，器官也更有生机。讲到这里，舅妈明白了。他们在一个晴朗的夏夜出海，备好酒、蜡烛和烟花。船从黄昏驶进午夜，月亮像风筝一样升起，照亮一小块的天空。他们躺在甲板上，目光也有了去处，眨眼时，无数个月亮在天上显形。宇宙寂静无声，黑夜与大海隐匿了边界。这是个不睡着也能做梦的夜晚，他们像两个被地球遗忘的人，周围点上一圈蜡烛，彼此裸露，互相坦诚，烛光中只剩下一个影子，有女人的长发，也有男人的腰腹。就在此时，烟花朝夜空中射去，温柔地绽放。舅妈这一生都会记得那一幕，她从曾传裕脖子和肩膀的曲线中望去，目视着烟火将星空涂抹成绚烂的星河。

一个月过去，他们没有等来期待的结果，但两人的感情开始升温，舅妈也有了心态上的转变，不再纠结于生孩子的事情。只有见到邻居带着小孩从窗前路过时，心里会有一阵隐隐的刺痛。后来她又在报纸上见到一些不幸的母亲，因为难产落下病根甚至去世。舅妈心想，说不定生了，自己也会遭受苦难，就当这条命是捡回来的。这样想通之后，她好受了一些。又一个新疗程结束后，曾传裕对舅妈说，药我不想吃了，胃难受。舅妈点头同意。成功说服舅妈后，曾传裕有了底气，等到外公再度过问此事时，曾传裕硬气了起来。他说，生不出就不生了，来了也是受苦。外公骂他大逆不道，蹬起腿要往他身上踹。曾传裕说，香火断不了，还有我外甥。

　　这个外甥就是我，在我还小的时候，我有点怕曾传裕，他不说话时就是一副凶脸，说起话来嗓门又特大，是在船上指挥惯了，声音小了被海浪声盖去。我的暑假正好也是曾传裕的休渔期，我爸妈上班忙，我妈就把我交给他带。曾传裕也特乐意带我，每天在公园里逛，我在池子里铲石子玩，他就坐秋千架上看着。我说我饿了，他就给我买花生米，倒一半在我手上，另一半他拿回去喝酒。我吃不了花生米，太硬了，硌得我牙疼。曾传裕说，你们现在的小孩都吃什么？我说，薯片。他说，那玩意儿也硌。我俩一天说不了几句话，但他还是不厌其烦，每天都带我出来，到后面我不太乐意，宁愿躲在家里看动画片。曾传裕说，屋里太热了，我带你去凉快凉快。

那是我第一次出海，三伏里最热的时候，曾传裕先开了半个小时的船，问我身体怎么样，我说挺好。曾传裕又往前开了半个小时，码头已经快要看不见了。这时他停下轮船，拿了副鱼竿，端了两张椅子放甲板上，挡板正好挡去太阳光，他开始教我钓鱼。我握住鱼竿，一坐就是一下午，曾传裕帮我收竿，每隔二十分钟就能钓到一条大的。他说，高兴不？我说，高兴。他说，别得意，海里的鱼容易钓，你去河里就不是这个难度了，小心别上瘾。我说，钓鱼还能上瘾？哪有电视好看。曾传裕冷笑一声，说，你长大就明白了。那天傍晚，临近太阳落山的时候，我收竿钓上来一条死鱼，挂在鱼钩上一动不动。曾传裕立马取下来，拍了两下，确定是条死鱼，立马扔回海里，然后往驾驶室里跑。他说，你收拾一下，我们得马上回家。我说，出啥事了？他说，回去再跟你讲，你小子，净搞些触霉头的事。上岸后曾传裕才告诉我，他们祖上传下来的说法，在海里钓上死鱼，必须立刻收竿回家，否则会发生不好的事情。鱼死不能咬饵，若是咬上了，说明水中有鬼怪。我听得很玄乎，说，哪来这么多规矩要守？说完后，曾传裕直勾勾地盯着我，我以为他又要骂人，他想了一会儿，耸立的肩膀逐渐松弛了下来，然后说，你讲得挺对。

我最后一次和他出海，是我刚上中学的那个暑假，曾传裕把船开得老远，整个小镇完全消失了，一点也望不见。船停下来的时候，整个世界就剩下我俩，连海鸟都看不到一只。除了海水，离我最近的是太阳，烈得吓人，向外一探，全是紫外线。此外空无一物，不只是海上，整个地球都空无一物。那一次我格外害怕，感觉整个人都被困在了这里，哪都去不了。或者即使回去了，小镇也已经从地球上消失。这么多年过去，我仍然无法与曾传裕建立十足的信任。他喝酒的时候，我比他的排毒器官还要紧张，下意识地想扶着他点，生怕他一头栽进海里。我说，我们现在在哪儿？他说，在海的中心点。我说，你怎么知道这里是中心点？曾传裕转头看我一眼，说了句颇有见地的话，他说，海上任何一个地方都是中心点。

那天我们没有钓鱼，待在船员舱门口聊天。曾传裕躺在长条木凳上，酒放在地上，手臂从椅子上耷下来，正好能够上，旁边是救生圈和渔网，还有一些用途不明的棍子。我端了个塑料椅，在舷窗下面坐着，窗户外打进一块方形阳光，正好落在曾传裕的木凳底下。曾传裕说，跟我在一块，不用这么讲究。我说，我不知道怎么才不讲究。曾传裕说，以后我就不带你出来了，你还有什么想玩的使劲玩。我说，为啥不带我出来了？他说，你妈不让，不放心。我说，她有啥可不放心的？他说，你觉得舅是坏人不？我说，不是。他说，你讲实话。我说，有时候有点暴躁。他说，我还是适合一个人过日子，心里有惦记就不行。我说，啥事让你惦记上了？他说，你舅妈，我生不出孩子，她跟着我也是耽误工夫，以前我还惦记我父母，现在想想，这不还有你妈吗？你们都能过得挺好。我说，舅，你喝多了。他说，我只能跟你舅妈聊两句，跟你聊两句，其他人聊不上，他们没念过书，也听不懂人话，你还小，没人把你当回事，我跟你讲了就当没讲，你要是跟人讲我就说我喝多了。我说，舅，你到底要说什么？他说，我有点待不下去了。我说，待不下去咱就回家。他说，不是在这儿待不下去，是在这儿待不下去。曾传裕说第一个这儿的时候对着地面点了一下，说第二个这儿的时候画了个大圆圈。我说，这儿是哪儿？他说，我也不知道，地面上吧。我说，那你想去哪里？他说，哪里都去不了，不好交代。

我说，你要交代什么？他说，你作业不写，不也得给老师一个交代？我说，我懂了，你不想写作业了。曾传裕笑了，他说，还是咱俩能对上，你将来想做什么？我说，还没想好。他说，没事，我跟你一样大的时候也不着调。我说，舅，你是不是受了什么委屈？曾传裕突然直起上半身，伸手去拿酒，猛灌两口，说，你将来要是考出去了，就别回来了，这儿没有前途，我挺想当条鱼的，知道为什么不？鱼不上钩，往哪游都是对的，有一天我去医院检查，医生告诉我一件事。我说，啥事？曾传裕下半身也坐了起来，两条腿踏进凳子下面的那块阳光里，像突然没了一样。他阴沉着脸，压着嗓门说道，鱼的骨头是刺，我的骨头也是刺。

那年休渔期过去后，曾传裕迎来了他人生中最重要的时刻，他捕上了一条极为罕见的大鱼，用两辆卡车运回镇里，请镇上的研究员鉴别，研究员不识，上报给渔政部门。他私底下也找人打听过，这鱼得值七八十万。当晚，曾传裕在养殖场里大设筵席，每桌摆一瓶价值上千的白酒，底下人称他是祖坟冒青烟，他也毫不生气，跟每一个到场的亲友敬酒。轮到我时，曾传裕对我说，我在这行业干到顶了，载入史册，到时候进你们历史课本上。我说，是进生物课本吧？他说，都进。说完后他又跟我爸妈聊了两句，碰杯，一饮而尽，然后往下一桌去。我爸跟我妈小声嘀咕，说，传裕这回真出息了。我妈说，出息啥？不生孩子，要那么多钱又有啥用？我爸说，跟你沟通不了，生不出孩子就不活了？我妈说，又不止我一人这么说。我爸妈聊到一半，隔壁桌起了动静，曾传裕和底下的员工吵了起来，那是我外公雇用的一个渔民，年纪比曾传裕还要大一些，声称自己才是最先发现大鱼的人，要求曾传裕分他二十万。曾传裕不答应，说，想钱想疯了？我爹给你的酬劳叫工资，不是分红，法律常识有没有？那个老渔夫说，别跟我讲这套，二十万，就问给不给。曾传裕酒劲起来了，高举着酒杯喊道，来两个人把他弄出去，我一人给一万。外公听到后连忙冲上去，说，别瞎闹。曾传裕说，你别管。又朝人群里喊了一遍，一万块钱，谁帮个忙？这时有俩兄弟上来了，也是外公手底下的人，一人一条胳膊，把那老渔夫撵了出去。那渔夫脚后跟在泥地上拖着，嘴上还在大声喊叫，短短几十秒钟，把字典里最肮脏的那几个字全用上了。

　　曾传裕怕老渔夫报复，每天亲自在海水养殖场看守，这是来自当年职场的经验，尤其要提防小人背后捅刀，同时也委托手底下的人寻找贩卖的渠道。一个礼拜过后，曾传裕的美梦破灭，渔政部门的人来了，鉴定为咬陆鱼，濒危保护动物，立刻转运到了市里，什么也没留下。当时巴结他的人，现在又成了看热闹最起劲的那一批。曾传裕估计自己也明白，这回口碑是难以逆转了，注定要沦为别人眼中的笑柄，在茶余饭后被亲友们反复提起。咬陆鱼被收走后，他迟迟没能走出海水养殖场，饭也不吃，就坐在水池边琢磨。舅妈去劝他，反应倒还算冷静，他说，等我把这事想明白，我就回家，你再给我拿瓶酒来。他摇晃着脑袋，嘴里念念有词，从天上到地下，把所有人骂了个遍，不挨着的人也骂，可再怎么骂，一肚子的火也没能撒干净。借着酒劲，他爬进水里，下一回醒来，应该在别处，记忆估计没有了，要变成个婴儿重新长起。他就这样睡去，不愿再被任何闹钟吵醒。但他仍是醒来了，就在他捡到藏宝瓶的那一刻，他做出了一生中最重要的决定，去寻找那座不知名的岛屿。

曾传裕声称自己耽误了太多工夫，误入歧途，碰了一鼻子灰，为钱为名都不值得，他是在海上出生的，理应在海上死去。他跟我舅妈分析了他的看法，那个瓶子是从咬陆鱼身体里掉出来的，除此之外没有别的解释。方布上描绘的是一座与世隔绝的小岛，曾有陆地人到过那里，但并没有回来，否则无法解释书面语为何是汉语。岛上的人试图与文明世界进行交流，只能通过漂流瓶的方式。其中有一个瓶子被咬陆鱼吞食，最后遗落在海水养殖场里，被他捡到。曾传裕十分笃定这一点，因为这瓶子的气味特殊，跟那条鱼一模一样。舅妈说，你讲了这么多，我一句没有听懂。曾传裕说，我们离婚吧。舅妈说，你疯啦。曾传裕说，我活了大半辈子，才得到这么一个机会。舅妈说，什么机会？曾传裕说，我要当哥伦布。舅妈说，你喝多了，你先去醒酒。曾传裕说，我从来没像现在这么清醒过，我们先离婚，等我找到了岛，我回来找你，要是找不到，你不必等我，你还年轻，跟了别的男人，还能生个娃。舅妈没等他说完，已经一巴掌招呼了过去。曾传裕开始流泪，说，娟怡，咱们得离啊，放过我，也放过你自己吧，我给你磕一个，好聚好散吧。

两天之后，曾传裕离开小镇，一同失踪的还有他的渔船。曾传裕留给舅妈一封信和离婚协议书，信上表示自己心意已决，等舅妈想明白，他会回来一趟，去民政局把事办了，但行踪万不可告诉爹妈。此去一别，山高水远，不应当有任何人惦记。倘若还是思念，清晨去海边，朝东眺望，目力有限，但其实已经望见。

曾传裕离开多年后，我终于打听完他的全部故事。大部分来自外公，心理的变化则来自他的前妻，也就是我舅妈的转述。那时她已经放下曾传裕，听从了大家的劝说，答应改嫁，亲戚朋友帮忙介绍了不少相亲对象，但她却始终没有找到更加满意的人。夏夜晴朗，她经常一个人散步到海边，思念起那个失踪已久的男人。舅妈对我说，你舅舅是大学生，念过书的人，什么是真的，什么是假的，他能够分辨，捡到一个瓶子，就可以一走了之，我不相信，他有没有联系过你？我摇了摇头。舅妈说，他有他的想法，我明白，但犯不着到这一步的。舅妈说时，眼泪已经落下来。那时我意识到，虽然嘴上说着放下，舅妈内心里仍在等着曾传裕。第一年时如此，第二年时她跟随一艘渔船一同出海，第三年时她买了许多烟花，在夏至当晚向夜空中燃放。到了第四年，她和镇上一家药店老板结为夫妻，对方也是离异单身，有一个孩子。而那实际上也是催促的结果，因为所有人都叮嘱舅妈，要尽快做决定，等年龄上去，找对象会更加被动。

随着舅妈改嫁，曾传裕的故事也翻篇了。有一阵子，镇上没有人再说起他。后来不知道谁又引出了话题，再听到曾传裕的名字时，他已经成了镇上的传说，各人有各人的说法。在他失踪后的数十年里，他的形象反倒愈加鲜活起来。我和曾传裕相处的时间不多，基本全在海上，那一次船上的谈话至今记忆犹新，一度起了关键作用。高考后填志愿，我跑得老远，生怕被抓回来当渔民。实际上到了我这一代，大家都往城市里跑，渔民已经很少。外公时常抱怨，他那些捕鱼的手艺早晚要失传。我念的是艺术院校，毕业后做平面设计师，同时揽了一些副业，画画漫画和插画。

三十岁那年，我结了婚，妻子是我的大学同学，婚后我们回老家生活，一年后女儿出生。从五岁开始，女儿特别爱听睡前故事，我和她讲我的舅舅曾传裕，故事很长，她总是在不同的阶段睡去，但很有兴致。过年吃团圆饭，老爱和人打听她这个从未见过的舅姥爷。七岁那年，她终于听腻，问我结局是什么，我说结局就是下落不明。她说，什么叫下落不明？我说，就是没有人再见过他了。她说，那不是结局。我说，那就是结局。她说，你还有没告诉我的事情吗？我说，没有了，全讲完了。她说，我不信，你再想想。我从椅子上站起来，坐到她床沿上，说，你舅姥爷失踪后，有一年，我跑到海对面那块土地上旅游，当地渔民跟我讲了个奇闻，传说有一个住在大海里的居民，是人是鱼分不清，他能在海上造船，没有工具，没有空间，捏起一朵浪花就能变成木头。如果一定要有个结局，那么这就是故事的结尾了。

我说完时，和往常一样，女儿已经睡着。我把被子角掖到她的肩膀下面，然后关掉台灯，轻轻扣上房门。我回到房间，先跟妻子道晚安，然后披上大衣，到书房的窗台旁站了一会儿。这扇窗户朝东，几公里之外就是大海，夜晚灯光稀疏，会觉得离海更近。窗户打开，海风吹来，起初风很小，能够听见树枝摇摆的声音，再仔细辨认，可以听到风推海浪的声音，那是一种使劲过后产生的呜咽声。迎面吹过来时，体内像挂满了风铃，整个身子骨都变得清脆了起来。烟不好点，火苗活泼，需要关上窗户，火焰才能立直，再打开的时候，和女儿没讲的那段故事，我又在心里讲了一遍。

我最后一次见曾传裕，是在我十三岁的时候。那一年我完成了人生第一个作品，画在一张画布上，我用普洱茶末泡水，反复涂刷，使画布看起来陈旧。内容讲述的是一座大海中的岛屿，岛上人正在寻找大陆，用漂流瓶传递信息，已有七年之久。画完之后，我喷上水雾，使其湿润，再把它塞进玻璃瓶。我跑出家门，径直来到海水养殖场。下午四点钟，天空苍白，水面寂静。我手腕一抖，将玻璃瓶投向水中，瓶子在空中转了两圈，插入水里，旋即浮出水面，漂荡着去往它的归属。在瓶子的旁边，有一个男人，同样在水面上漂浮着，以海为床，仰面朝天，如同一座孤岛。

命里有时

没有人比郑广延更关心时间，他每隔两分钟看一次表，一天看三百次手表，目的只有一个，确认那根秒针还在转动。此事起源于六十九岁生日的晚上，郑广延做了一个梦，梦里有个人告诉他，日子不长了，手表停下转动的时候，他的生命会随之结束。醒来之后，他的背心湿透，天花板上的吊灯在摇晃，好像什么人刚离开一样，但妻子明明还在熟睡。妻子比他小八岁，还没到老眼昏花的年纪。他向她讲述了昨晚的梦，梦中人手持镰刀，手指细长如树枝，穿的却是古代帝王的服饰，头上戴着乌纱帽。他无法笃定那人是死神还是阎王，但肯定是个不祥之人。妻子说，没头没尾，就是个梦而已。

　　昨晚的蛋糕还没吃完，上面全是蜡烛，像扎满细针的毛线球，这是外孙捣的鬼，他说六十九岁，就要插六十九根蜡烛，插到第二十三根时已经没了地儿。外孙抱怨，原来人过了二十岁，就没法好好过生日了。除了蛋糕外，红酒也剩了一大半，郑广延有高血压，喝不了酒，只能象征性地抿一口。生日还能再过一遍，但时间已经对不上。他慌慌忙忙去找手表，它正躺在茶几上，双臂展开，像一只金色的海鸥。他拿起表，拧上三十圈，把发条拧紧。十多年前，他得到了这块表，是一个学生送给他的，当时他还在大学的天文研究所工作，学生写博士论文，讲的是双缝干涉，他提了几点至关重要的意见。论文发表后，这个学生声名鹊起，他没有忘记郑广延。一次学术会议后的晚宴上，他从怀里掏出一块金色的手帕，手帕里包裹的是一块金色手表，他亲手帮郑广延戴上。当时他比现在胖一些，表带扣在第九格，如今已经减到了第七格。郑广延起初不愿收，觉得过于贵重。学生说，表可以用十几年呢，平均到每一天，不算贵重。

十多年过去，表带的光泽早已不如当年，铜锈斑驳，划痕累累。每道划痕都有来头，表盘正上方，罗马数字十二的上头，是骑自行车摔跤时留下的。多年以前，他接外孙放学，外孙七岁，身体还小，他把外孙放在坐垫前的横杆上。外孙要他跟同学家长比骑行速度，郑广延踩急了，硌到一个石子，车就翻了。情急之下，他用左手护住外孙的脖子，手表上就磕了一道。有了第一条划痕之后，第二条也随之而来。有一次他在银行取完钱，被歹徒盯上，一路尾随，转进弄堂时抢他的包。郑广延反应迅速，两人扭打起来，歹徒不知从腰间掏出个什么硬物，对着他的脑袋砸去，郑广延下意识抬起左臂，手表正好挡了一下，凶器也从歹徒手里滑落。郑广延定睛一看，是串钥匙。歹徒见情况不妙，捡了钥匙便跑。郑广延每每想起此事，后怕不已，如果不是那块表，这串钥匙就插进了他的脑门。梦中人提醒他，手表的生命连接着他的生命，他觉得这一说法不是毫无来由。

那天早上，郑广延悄悄出了趟门，没跟妻子说，怕她嘲笑。他去的是家修表店，这家店开在学校对面，步行过去十分钟，现在他老了，患了腿疾，要走十五分钟。这腿疾始于一次意外，他有一次下楼梯，左脚绊右脚，摔了一跤，磕到了膝盖，疼得在地上打滚，因为是自己绊倒的，怨不了人，气撒不出来，他绝望地想，人生很多事也是这样。后来去医院检查，磕的地方没事，倒是查出了骨关节炎，从那以后，腿就不好了。修表店他经常路过，直到今天，他才看清了它，店面很小，一个柜台，一张躺椅，墙上挂钟和海报，标语是用喷漆写的，六个大字，董松专业修表，还算端正。董松应该是老板的名字，下面还有行小字，立等可取。柜台里整齐地摆了一排表，一块贴着一块，好像一卷摊开的竹简，一些是拿来卖的，还有一些是修好了，等客人来取的。老板是个中年男人，个子不高，微胖，镜片很厚，见郑广延来了，他从躺椅上站起，问，修表？郑广延说，不修，但有点问题。老板问，什么问题？郑广延吞吞吐吐，说，一块表，能活几年？老板说，你这人讲话有意思，活几年我不知道，得看是什么表。郑广延撩起袖子，把表从手腕上摘下来，递给老板，老板双手接过，这时郑广延注意到，老板的左右手都戴着表，有些好玩。郑广延问，你看看，这什么表？老板接过，扫了一眼，说，机械表，能活十年上下。郑广延一听，脑门就出汗了，嗫嚅着问，我已经用了十年，是不是要到时候了？老板说，好一点的表，转十五年也没问题，能转几十年的表，现在也有了，不过你这个牌子，我没见过，这串洋文什么意思？郑广延说，TRUTH，就是真理。老板问，真理是什么？郑广延说，问得有点深。老板说，我帮你打开看下，清理下污垢，换点零件，能多转几年。说完，老板把手伸到桌角拿工具，郑广延立刻拉住他，问，换零件的时候，表会停吗？老板说，当然会停，回头校一下就好了。郑广延忙从他手里抢过表，说，会停，那就不换了。

郑广延重新戴上手表，不停地用袖口擦拭表盘，从那天起，他的目光就没有离开过它。往前数三十年，郑广延并不怕死，他在大学做老师那会儿，当过救生员，其他老师没人愿意，只有他不好面儿。学校的湖很大，一到夏季，全是看荷花的游客。郑广延不会游泳，当救生员，为的是多赚点钱，只要没人落水，这活就能一直干下去。干了三个月，遇上了第一个落水的人，是个女孩，他没有多想，抱起救生圈跳了下去，这是职责所在，不能含糊。这一跳，险些让他丧命，救上来时，胸腔全是水，女孩倒是没事。当年在学校里，算是一桩趣闻，经常被人拿出来调侃，别人说起郑广延，都要感叹一句，这是个不要命的人。一直到两年前，他的朋友去世了，他才变得要命起来。他那朋友，以前是同事，退休后成了牌友。前一天晚上，他们还在一张桌上打牌，第二天他就收到了讣告，朋友半夜突发脑梗死，再没醒过来。他出门参加葬礼，在卧室换好衣服，经过客厅时，有些恍惚，在那一小张方桌上，昨晚打完的牌还没收拾，人走了，菜还热乎着，这是他的感受。他走到桌前，想理牌，但最后没有理。

年轻时烟酒沾得多，郑广延患上了支气管炎，有时半夜惊醒，喘不上气，药在床头柜上备着，伸手就能摸到。但他还是怕，因为妻子说，他打呼时声若洪钟，以前是水面冒泡，现在像山风过岗，总而言之，和平常不一样。后来他开始坐着睡觉，是从一个医生那听来的偏方，坐了几天，患上了失眠症。一个人在黑暗中沉思，眼睛看不见，大脑却格外透亮，仿佛在山洞里打坐，背对着洞口。他想起不少遗忘的记忆，三十年前，他在街边给人算命，戴着毡绒帽，贴着假胡子，往衣服里塞了不少棉花，还是被一个女学生认了出来。女学生要郑广延教她算命，否则就向领导举报他。郑广延没有办法，教了些入门的东西，排盘，看八字，手相面相也教了一点。几年前，他跟妻子上街，路过一个算命摊子，招牌上写，欲问前程，请君止步。他被摆摊的女人拦住，留下一句话，暗楼连夜阁，机芯拟人心。这事他当年没在意，现在才发觉，那个算卦女人，长得颇像他学生。想到这里，他吓出了冷汗。一激动，还把妻子摇醒，为的是求证那段记忆的真实性。妻子睡意蒙眬，嗔怒地骂道，得了吧，你十几年没陪我上过街了。

郑广延做了那个梦后，不再坐着睡了，他的命不在睡姿上，他的命在那块表上。每天晚上，他都要对着电视机校对时间，这块表，一天的误差在三十秒左右。他戴了这么多年，头一回发现此事，之前都被骗了。他以前当老师，当过不算称职的丈夫，当过还算体面的父亲，现在还要当一会儿外公。就在他每天校准手表的那几分钟里，他跟这些身份无关，他是个风烛残年的老人，不具备其他任何身份。刚校完表的几小时里，是他一天中最安稳的时光，即使睡不着觉，也不会慌乱，黑暗的房间里，书本、茶杯、台灯和拖鞋，每件物体都死气沉沉，唯有这块表生机焕发，但也不免有些孤独。失眠期间，他经常走上阁楼，打开天窗，爬到屋顶上去，像年轻时那样，那会儿他有一架天文望远镜，是实验室淘汰下来的，他带回了家，架在屋顶上，每晚上来看几眼。那是他一生中最光辉的时刻，有野心，有创造力，人也不会累，不像现在，只剩下一副衰败的皮囊。但无论世事沧桑如何变化，星星还是他的老朋友，一颗颗闪亮的螺丝钉，将夜幕牢牢钉在头顶。

人一旦怕死，孤独也就不当回事了。从阁楼上下来，他又把自己关进了书房，他患有颈椎病，低头是一次奢侈的消耗，往往要把手臂抬起来，抬到跟眼睛一样高，动作有些夸张，仿佛在擦面前玻璃。他没法在妻子面前做这件事，只好钻进书房。他有个借口，他要写一部书，家族史，这个计划一早就有，中途搁置几年，现在重新开始。起因是搬家前，他在旧仓库里翻出一本册子，是曾祖父写的回忆录，古文笔法，不长，一万多字，少细节，多概括。他觉得很妙，想写成书，他没有写过论文以外的东西，动笔以后，格外顺畅，脑海里不断有细节涌出。他有些惊奇，不知道它们从何而来，又如何注射进他的大脑，并从他的指尖流出。他从两百年前写起，两百年，好长的时间，他一人占了七十年，想到这件事时，他感到自己有些壮观。但他时常无法集中精神，眼睛忍不住去看表，有一回，明明过了三秒的时间，秒针却只动了一格，这一幕被他抓到了，心脏也跟着骤停一下。这块表越来越难以信任，他决定再去一次修表店。

那是八月末的时候，天上下着暴雨，街道格外空旷，只剩下雨声，每一滴雨水都不含糊，着实地落在地上，万箭齐发，像是要把柏油马路凿穿。郑广延撑着一把大黑伞，佝偻着身子朝店走去。老板正站在柜台后面，面对着雨景发呆，似乎没有睡醒。郑广延出现时，把他吓了一跳，他没想到这种天还有顾客，心里想，什么事值得冒这么大雨？老板递给郑广延一条手帕，让他擦擦身上的雨水。郑广延把伞收起来，挡雨板不够宽，他又往里站了站。他说，我要换零件。他把表从手腕上摘下，放到柜台上。老板看了一眼表，想起来这是上次那位顾客，他修表数十年，人脸记不住，但只要一看表，就能对应上。老板说，想明白了？郑广延说，我提个要求，修表，但表不能停下来。老板说，我修了这么多年表，没人提过这种要求。郑广延说，我可以多给你点钱，多少钱我都付得起。老板说，老先生，不是钱的问题，你换个灯泡，总得暗一下吧？修表也一样。郑广延说，这镇上就你一家修表店，你是老师傅，帮我想想办法，付两倍的钱。老板苦笑，摇摇头，认真想了一会儿，说，螺丝一拧，齿轮一摘，表肯定停，除非一直用手拨转。郑广延听完后，面色有些紧张，随即开始点头，像是在鼓舞自己一样，战战兢兢地说，行，就这样。

老板从箱子里掏出几个小零件，摆到柜台上，光线有些暗，面前是郑广延黑黢黢的人影。老板端了张小木凳，让郑广延到店里来坐。他手上一边弄活，一边问郑广延，这表有什么特别，一秒都不能停？郑广延反问，师傅，你今年多大岁数？老板说，虚岁五十八。郑广延说，你比我年轻，等你到了我这个年纪，就容易信神信鬼了。老板笑，鬼神都揽手表生意了？郑广延有些难为情，但他还是老实交代了，他说，人总是要死的，就是死法不一样，有一晚我做了个梦，梦见了阎王，他说这表一停，我人就走。老板停下手里的活，看了一眼郑广延，打趣着说，那我让表反着走，你还能返老还童哩？郑广延说，你老老实实修就好，不用搞创新。

过了十分钟，老板做好了工具，然后戴上寸镜，开始拆卸，先把表壳和表耳拆下，放进肥皂水里清洗，污垢死死贴在表层，需要刷子用力摩擦，老板咬着牙，从牙缝里蹦出一句话，手表记录时间，污垢记录手表。刷去污垢后，再把零件扔进酒精里浸泡。郑广延说，这话讲得好。老板说，是吗？做了几十年了，有点小心得，你是做什么的？郑广延说，以前是大学老师，现在退休了。郑广延在镇上名气不小，是这里唯一的大学教授，名气有时候很好用，去菜市场买菜，人家把最好的肉留给他。修表店老板不认识他，他有点失落。老板说，我们家没人上过大学，我儿子是第一个，小学毕业我就跟着我爹干活了，但我认的字可不少，你是教什么的？郑广延说，我教天体物理。老板说，听不懂，什么是天体物理？在郑广延漫长的职业生涯中，他无数次被人问起这样的问题，对此他有个简单的回答，他说，就是研究星星月亮的。

老板让郑广延凑过来，把刚做好的工具交给他，那是一个连接秒轮的杠杆，外形像个挖耳勺，他让郑广延捏住铁棒的一端，用手指拨着它转，表反扣在支架上，郑广延看不到表盘，只好在心里读秒，他年纪大了，手容易抖，总是快一秒慢一秒的。老板说，你可得仔细了，命就握在你自己手里。说完，老板将表里的零件逐个摘下来，摆到柜台上，透明的玻璃像一片湖，扇状的零件像鱼鳞一样。就在老板拆卸的过程中，郑广延感到身体有些异样，骨头灼烫得厉害，说不上哪里不舒服，就是感觉有什么东西要破土而出。他摁住老板的手，说，停一下。老板注意到郑广延脸色苍白，也跟着紧张了起来，说，你放轻松，都是心理作用。为了尽快让手表回到郑广延手上，老板替换了所有能换的零件，省去了清理的时间。其间他被郑广延催了两次，八月了，虽然下雨，天气还是闷，心里憋着股劲出不来，脑门上全是汗。在郑广延眼中，虽然老板看上去有些糙，手指也粗，但干起活来有条不紊，手上有谱，一板一眼，像斧头上的花纹，给人一种不期而遇的细腻。老板装完后，这块表变了个样，换了皮质表带，浅棕色带花纹，表壳的色泽比原先亮了不少，戴在手上十分打眼，像小年轻喜欢的潮流玩意儿。郑广延这才缓过神来，身上的不适瞬时好了。

修完表后，郑广延想起要去接外孙黄集叶，看了一眼焕新的表盘，时间刚好，不早不迟。黄集叶今年十三岁，身体发育了一半，身高长上去了，但看上去还是个小孩子模样。小升初的暑假，因为没有作业，被母亲送来念补习班，学写议论文。母亲在企业里上班，平时没有时间管他，交给郑广延来带。家里人觉得他是老师，大学生能教，小学生一样能教。黄集叶正处叛逆期，看到外公就触霉头，让他不要来接，同学见了闹笑话。郑广延说，我也不想接你，你妈交代的任务，你把书包给我，你走前头。黄集叶一路跟同学嬉闹，一会儿来回跑，一会儿蹿马路中间，郑广延走后边，一步一个脚印，像赶鸭子一样把他赶到家里。黄集叶说，外公，你换新手表了？郑广延说，还是原来那块。黄集叶说，我什么时候能有自己的手表？郑广延说，怎么对手表感兴趣了？黄集叶说，班上同学都有。郑广延说，你也有别人没有的东西。黄集叶说，是什么？郑广延说，上次作文拿了多少分？黄集叶说，九十三。郑广延说，多少名？黄集叶说，第一名。郑广延说，这就是了。黄集叶说，我不想上作文课了，讲的都是一样的东西，三段论，我想跟你学物理。郑广延说，你倘若真想学，跟你妈商量去。黄集叶说，我妈肯定同意，她就指着我跟你多学点东西。

黄集叶念一年级时，父母离了婚，母亲怕单亲家庭给他带来影响，让郑广延多陪他，教他点东西，不用出人头地，但要做个好人。几年前，郑广延腿脚还利索的时候，教黄集叶踢球，组了一个七人足球队，他当教练。黄集叶踢球时，眼里只有球门，不爱传球，被逼到边线了，就朝天空起一脚。郑广延说，你学会传球，就多了一项进攻手段，机会更多。黄集叶说，我是脚法最好的那个，为什么要给别人传球？郑广延说，只靠一个人，比赛是没法赢的。黄集叶没有听进去，他心中有个执念，人是活的，会犯错误，球门死的，不会骗他。看着外孙一次次地冲击球门，郑广延心有些紧，害怕他一辈子都像这样，孤僻又固执，永远没法把球传出去。

周末的时候，郑广延泡好茶，继续写家族史，他一开始用铅笔写，有次用力过猛，笔尖折断，弹进了眼睛里，半天没有取出来。后来他用圆珠笔写，不顺手，又换回铅笔，戴了副眼镜以防万一。他在书房里奋笔疾书时，没有料到黄集叶的到来。外孙闯进书房时，他看了一眼手表，中午十二点三十七分。外孙爬上他的书桌，把玩他的天体模型。郑广延说，你真想学物理？黄集叶说，真想。郑广延说，你想学什么？黄集叶说，人能不能穿越时空，回到过去？郑广延说，不能。黄集叶说，为什么？郑广延说，要是可以，我们就能见到很多未来回来的人。黄集叶反应了一会儿，说，外公，你真是神了。郑广延说，你今天来找外公，不是为了学东西吧？黄集叶看着书桌上一堆钝头铅笔，问，外公，你在写什么？郑广延说，写故事。黄集叶说，什么故事？郑广延说，祖宗们的故事，从两百年前写起，到我结尾，现在想了想，可以到你结尾。黄集叶说，给我看看。郑广延说，别急，现在还不能给你看。黄集叶说，为什么？郑广延说，我年轻的时候有一篇论文，刚发表，和人撞了，那人跟我同一时间上刊，这事给我带来了坏名声，就是因为我写到一半，忍不住跟人炫耀，叫那人剽窃了去，那以后，我东西写完了才给人看。黄集叶说，你不是研究物理的？怎么开始搞写作了？郑广延说，有些话我现在跟你讲，你也听不明白，时空是有维度的，你可以想象成不同的岔路口，其中有一个维度里，也有一个我，他是做文章的，我正在跟他慢慢融合。黄集叶说，不是一个时空的事，你怎么知道？郑广延说，我以前是不会写东西的，现在突然会写了，不仅能写，而且写得漂亮，有人不停地在我脑袋里塞东西进来。黄集叶说，家里人都说你古怪，脑子跟别人不一样，我觉得你是学识高，所以不一样。郑广延说，谁说我古怪？黄集叶说，姨妈姨父他们，我妈并不觉得，她就想我将来跟你一样，当爱因斯坦。郑广延说，他们说我哪些地方古怪了？黄集叶说，没具体说，不过外公，你为什么老是看表？郑广延说，马上到我的午休时间了。黄集叶像没听到一样，继续问，外公，你为什么老是看表？郑广延说，我在比你大一点的时候，听说一个理论，时间是个黑洞。黄集叶说，什么意思？郑广延说，黑洞在吞噬时间，所以时间会流逝，这只是个假说，到了外公现在这个年纪，再想这句话，味道有点不一样。黄集叶说，哪不一样？郑广延说，研究物理，就是研究时空，外公研究了一辈子时空，啥也没研究出来，最后还是让时间给收走。黄集叶说，外公，你要不要先睡觉？郑广延说，刚有兴致和你说两句，又嫌啰唆了？你先自个儿玩会儿，饿了去问你外婆要吃的。

黄集叶跟外公聊了半天，外公终于躺在摇椅上睡着了。实际上，他来找郑广延不是为别的，是想借他的手表一用。就在今天下午，他跟同学约了野营，里面有他喜欢的女孩，也有他讨厌的男孩。城里的孩子，比他会玩，穿名牌衣服，聊明星偶像，他在里面显得有些土气。小学毕业前的最后一节课，黄集叶穿着背心，遭到了老师同学的嘲笑。更要命的是，毕业照也是那天拍的，他站最后一排，露出两个大肩膀，这一幕被永久定格到了照片上。多年之后，小学同学指认他，会拿起相片，称呼他为穿背心的那个家伙。他在学校里拿的奖状，足球场上的风头，都被这件背心掩盖抹去。他年纪还小，并非生性敏感多疑，却总是习惯擅长想象自己的不幸。外公来接他的时候，他一眼看中了外公的新手表，像外公这样的老人，也知道如何追赶潮流，装点门面。他想把它戴到自己手上，这块表是年轻人的东西，跟他更般配一些，更重要的是，不会再让两条手臂看起来光秃秃的。但是外公看起来非常宝贝它，眼神中多了一些东西，看表不仅仅只是看时间。他由此断定，外公不会把表借给他。他决定等到外公睡着，偷偷把它摘走，用完以后再还回来。

外公睡得很沉，伴随有间歇的呼噜声。节奏很重要，只要掌握了打鼾的频率，他就能掌握下手的时机。表戴在左手上，左手搭在椅子的扶手上，外公头靠右边，按照球场上的说法，此时左半侧是弱侧，易得手。唯一的障碍是，外公的手腕正好卡在扶手最前端，表带卡在当中。他一手架着手表，另一只手托住外公的手肘，慢慢地朝前挪动了两厘米。午后的阳光正好打在外公的手臂上，经由表盘反射，刺到了他的眼睛。他的左眼开始流泪，照例是不该流的，有些平白无故。外公已经老了，手上有许多红色斑块，一条条经脉从手臂延至手背，像逐渐干枯的河流，手表是一座大桥，气派威严，横亘其上。现在他要摘下这座大桥，好在他手指够细，外公也睡得够沉。尽管如此，他还是出了一身汗。浩大的工程结束后，他发现大桥下的平原比别处的更加白皙，没有红斑，皱纹也轻。

黄集叶一度无法戴上这块手表，如同他无法叫醒沉睡中的外公。公交车快到站的时候，他才扣到手上，它比想象中沉，坚硬无比。野营的地点在静河公园，那里刚完成新一轮招商，多了不少时髦小店，还有出租的透明大帐篷，半球状，一个个被置于草坪上，远远望去像一张绿色的气泡纸。他的同学已经在等他了，他们在咖啡店买了冰激凌蛋糕，留给他的那个快化完了。黄集叶进了帐篷后，玩了一会儿棋盘游戏，一共六个人，两个女孩，四个男孩，这样的活动他兴趣不大，只是为了合群做出的让步。其中有个叫贺萱的女孩，他觉得他俩很般配，家住得近，上下学经常碰到，有几次聊得很热络。女孩的父亲跟他母亲是同事，彼此也熟。唯一不称心的地方是，贺萱年龄比他大一岁，虽然按月份算，也就大四个月，但还是让他少了些男子气概。玩游戏的时候，他总是想引起她的注意，他说不出漂亮的话，只好以持久的沉默来引人注目。

太阳快落山的时候，草坪上的帐篷一个个撤走了，黄集叶这时才说了一句完整的话，他从书包里拿出一个足球，说，现在不热了，大家来踢会儿球吧。这里面话最多的男孩，是一个瘦高个，人姓朱，大家都叫他竹竿，竹竿和黄集叶不对付，知道踢球是黄集叶的绝活，不愿让他出风头，说，没有人想踢球。黄集叶球拿在手里，有些尴尬。这时贺萱说，坐了半天了，正好起来动一动，不过我们女生不太会踢。竹竿说，踢不了，哪来的球门？黄集叶说，这好办。他拎起两个书包，放在两侧，隔开四米左右的距离，说，这两个书包之间的距离就算球门。摆好两个球门的位置后，女孩们也跃跃欲试，提出要守门。六个人分成两队，黄昏夕阳下，他们在草坪上踢起了球。

黄集叶看了一眼进攻路线，贺萱正站在两个书包之间，摆出守门的姿势。黄集叶想炫耀自己的脚法，但竹竿拼命地给他制造身体接触。黄集叶毫不慌乱，他先一个后撤，再一个大跨步变向，把竹竿晃了个趔趄，失去重心，摔出很远。黄集叶有些得意，瞥了一眼自己的影子。这时另一个人防守位补上来，黄集叶起脚朝球门射过去，一道低空弧线迅速划过，贺萱惨叫一声，倒在地上，球正好击中了她的面部。黄集叶感觉不妙，赶忙跑过去。贺萱被踢中了鼻子，眼泪不停地流，其他人也都聚了过来，一个接一个影子压到她身上。黄集叶正想上前安慰，突然被人一把抱住，转了半圈，被狠狠地摔在地上。他脑袋一嗡，回过神来，看见面目狰狞的竹竿，竹竿又朝他扑了过来，把他摁在地上，架住他的双手，嘴里反复叫嚷，去给贺萱道歉！

天逐渐黑了，这场聚会最终不欢而散。竹竿嚷嚷着要送贺萱去医院，黄集叶很清楚，没到那个程度，他这么说是为了让自己心里愧疚。他把足球塞进书包，离开了静河公园，一个人坐上了回家的公交，投币的时候心里一阵酸楚，这样的聚会，他不会再来了。车上人很多，他靠着车门站着，车驶了没多久，路灯亮起来了。他对着窗户里的自己发呆，汗水还挂在脸上，头发粘在一起。他看了一眼手表，四点四十三分，看完时间后，他迟迟没能抬起头来，因为他同时看到了镜面上的四道划痕，两道分开在上，两道交叉在下。他的脑袋卡壳了，后背开始冒汗，不停地用拇指摩擦镜面，怎么也擦不掉。他回想了一遍下午的行迹，一定是和竹竿扭打时磕到的。他摘下手表，用指甲刮了刮，是实实在在的划痕，外伤，有凹槽。今天是糟糕的一天，天暗得也比往常要早，暴风雨要来了。他心里有股气，但不知道该怨谁，竹竿是可恨的，自己也并非无辜。他开始琢磨如何向外公道歉，想了一会儿，发现还有件事不对劲，他记得路灯是五点钟亮起的，可现在明明是四点四十三分。他又看了一眼，这时才发现一条裂缝挡住了秒针，而秒针已经不动了。手表坏了。

那天晚上，修表店迎来了一位新客人。黄集叶到店的时候，老板董松正在小桌前吃盒饭，外面下着夏末的最后一场雨。他原以为，这样的天气不会再有客人，做好了提前打烊的准备，雨具放到了门口。饭吃到一半，店门外来了个小男孩，被雨淋了个狼狈。他赶忙擦了擦嘴，站到柜台前。黄集叶是下车后才想起这家店的，印象中学校对面是有家店，修钟表的。一开始他有些犹豫，不知道身上带的钱够不够，最后被大雨赶到了店里。老板说，修表？黄集叶说，换个壳多少钱？老板说，表拿我看看。黄集叶把表递过去，老板看了一眼，问，这是你的表吗？黄集叶打了个激灵，说，是，是的。老板说，小孩，你跟我说实话，这表从哪来的？黄集叶不说话。老板说，做人要诚实，小小年纪，别学人偷鸡摸狗。老板还想说两句，发现小男孩眼神不对劲。没等他说完，已经沉不住气，涨红了脸，撒腿跑了。老板大喊一声，准备追上去，但刚出门就迎上暴雨，他犹豫了一下，就这几秒钟的时间，男孩淹没在了雨中，消失不见。

董松回到店里，拿起那块表，端详一阵，没认错，是前两天那个教授的，表盘中心的TRUTH字样还在，表带和零件也是他亲手换的，气息对得上。现在它又回到了自己手里，只不过换了个样，表也不走了，时间停在傍晚四点四十三分。他收拾了一下吃剩的晚饭，开始修表。修的时候想起了郑广延，郑广延来这里的时候，话说得很明白，这块表一停，人会没命。那天修完表后，郑广延给了他两千块钱。当晚他提早关店，买了一瓶酒、几盘好菜，回家吃晚饭，他把这个故事讲给他儿子听。儿子听完后，也给他讲了个故事，具体他记不清了，是一个外国人写的，说有个病人，望着窗外的枯树，心中有个执念，最后一片树叶落下时，她会死去。一个画家知道后，画了片假树叶上去，树叶一直未落，女孩因此得救。儿子说，他在这个事情里，扮演的就是画家的角色。董松听完后，心里很欣慰，修了几十年表，能靠手艺救人一命，是桩美事。不过现在他又迷茫了，手表坏了是其一，那男孩也不知道哪来的，中间发生了多少事，他也一概不知道。拆开表盘后，他摸清了故障的原因，镜面损坏，碎片卡停了指针。他仔细清理了内部的碎片，换上一块新的镜面，这块表变得完好如初。

雨停之后，董松拉上卷帘门，小镇不大，教授只有一个，不会难找。那天郑广延是走路来的，他腿脚不方便，说明家离这儿不远，董松朝最近的住宅区寻去。雨后的夜晚，灯光格外敞亮，偶尔一阵夜风吹过，熬了一夏天的身子骨，终于凉爽起来。如他所料的那样，教授不难找，或者说，死人比活人好找。董松再次见到郑广延时，他已经躺在棺木里，家人正在筹备丧事，披麻戴孝，宅院里聚满了人，街坊邻居赶来见教授的最后一面，面色凝重，哭声激昂。董松站在人群中，远远地望了一眼，他并不觉得惊讶，而是反复提醒自己，我本就该料到的。

郑广延入土为安后，变成了一块墓碑，葬在一片环山公墓里，位置在接近山顶的地方。妻子买墓地时，就提了一个要求，地方越高越好，因为丈夫是研究天文物理的，抬头要看见星月。九月的一个午后，秋意渐浓，一个男孩爬上山顶，来到墓前。这是他第二次来这里，第一次是郑广延火化那天，作为家属来给他下葬。男孩在墓碑前伫立良久，不顾别人会不会听见，高声讲述自己的罪责，乞求郑广延的原谅。准备告别的时候，他跪下身，对着墓碑磕了三下。这时他发现墓碑左侧有块石头，石头下好像压着什么东西，他挪开一看，下面是块棕色的方布，布里包着一块表，表面上写有TRUTH字样，像新的一样，但时间定格在了四点四十三分。男孩张望四周，随后开始号啕大哭，眼泪像伤口里流出的鲜血，撕心裂肺。

在黄集叶的成长过程中，他总是被问及一个问题，为什么总是戴着一块不会动的手表？他编造过不同的理由，真正的原因，没有人知道。他曾找过修表店的老板，发现就在外公下葬那天，老板卖掉了店铺，不知去向。他曾把手表拆开，试图从中找寻线索，同样一无所获。唯一可以确定的是，黄集叶并未继承外公的傲人天赋，他的理科造诣平庸，高考后去了一所师范学校，念新闻专业。二十八岁那年，外婆把郑广延生前的手稿交到他手上，让他把有用的东西公之于世。黄集叶翻了一遍，没看懂多少内容。其中有一个皮质笔记本，里面没有公式，全是密密麻麻的文字。看了几页后，他想起来，这是当年外公未完成的家族史。

那天下午，他坐在外公生前的书房里，细心研读了每一个字，到结尾的时候，才有一个叫郑广延的人出场。黄集叶兴奋地翻开下一页，泛黄的纸张上只留了个题目，暗楼连夜阁，机芯拟人心。字体比平常要大，苍劲有力，鸾翔凤翥，每一笔都朝更深处勾勒，仿佛落笔不久。黄集叶用手指轻抚过外公的笔迹，就在他认清这十个字的瞬间，他感到一阵延宕了十五年的飓风向他袭来。黄集叶下意识地看了一眼手表，不知道是不是自己的错觉，那根十五年没有动过的秒针，好像往前挪了一格。

退化论

星期一的早晨，我没有去上班。坐了六站地铁后，我来到了动物园。此时还不到上午八点钟，环卫工人刚结束第一轮清扫，晨光落在街道上，泛起灰蒙蒙的影子。深冬季节，大雾弥漫，行人如同火车，头顶白烟飘荡。我告诉保安，我是来办理入住手续的。保安说，我们这儿是动物园，不是酒店。我说，已经说好了，我来办理入住手续。

　　保安说动物园还没开门，让我先等一等。我把背包倚在墙边，解开围巾，脖子里全是汗。我点了一根烟，又递给保安一根，然后我们闲聊了几句。动物园的大门由两棵赭红色的石雕大树构成，左右各一棵，树干缠绕到一起，形成一道拱门。树上雕刻了各种动物，一路向上攀爬，最下面是熊，最上面是鸟。我告诉保安，我们很快就是同事了。他摆出不可置信的表情，接着告诉我，动物园里味道最大的是大象园，最吵的是鸣禽园，一定要离那些地方远一些。我们聊了很久，时间就这样一点一滴地流逝。到了九点钟，第五根烟即将烧到食指时，他对着对讲机说了几句话，然后指了指靠西边尽头的房子，说，那是科研院所，办事处也在那里。我拎起背包，朝他所指的方向走去。

动物园虽然像个蛮荒之地，办公的地方还是十分整洁，既没有异味，墙面也不肮脏，和我之前待的写字楼并无二致。动物园的管理员热情地接待了我，我们在一间会议室里谈话，一张椭圆大桌，能坐十几个人，现在就我们两个人。合同压在茶杯下面，旁边是一支签字笔。电子版的我已经见过，十四页纸，一半是条款的解释说明。我逐页翻去，上面的内容已经很熟悉，但我还是犹豫了一阵，坐在旋转椅上，轻轻地左右摇动，好像这是流程的一部分。我能感受到管理员焦躁的目光，但他嘴上还是说，没关系，你有足够的时间确认内容。

几天前，我们在电话里洽谈过合同的事情，这是动物园第一次拟这样的合同，他们和我都没有经验。一开始准备拟劳动雇佣合同，但他们后来意识到，那是人与人之间签订的协议，假如乙方是动物，应该签另外一种合同。最后的合同是根据动物展出协议修改的，但补充得十分完善，甚至提到了关于越园的条款。不过这种说法有些奇怪，像是作家笔下生造的新词，其实是从越狱一词仿拟而来。此时我已经翻到了最后一页，上面写，以下无正文。纸上留了一大片空白，给甲乙双方签字用。甲方是动物园，已经盖好了章。我拿起笔，迅速签了字。签完我松了一口气，管理员更是如此。

随后他带我穿过了栈桥、池塘、一片小树林，其间我见到了鳄鱼、金丝猴和长颈鹿，最后他领我进了大猿馆，里面有三只猩猩。管理员向我介绍，它们是一家人，也是我以后的邻居。最大的猩猩紧靠着玻璃，站在最显眼的地方，做好了随时跟游客互动的准备。红毛猩猩在角落里吃树叶，还有一只小猩猩围了个白色披风，在树干之间来回跳跃。我的位置就在它们对面，用玻璃挡板隔开，但屋舍的陈设完全不同，没有模拟自然环境，唯一的植物是一盆万年青。他们给我准备了床、书桌和洗脸池，如果要上洗手间，可以从里边进入一个小房间。管理员告诉我，玻璃房正对着海狮园，每天下午两点，可以从这里欣赏到海狮表演。然后他长舒一口气，对我说，现在开始，你就是动物了。他的语气给我一种不安的感觉，好像是在说另一句话，从此以后，再没有人可以救你。说完后，他就关上了后边的铁门，紧接着我看到他从另一边出来，从我面前径直走过去。我们之间隔了一块玻璃，但我意识到那是一堵真正的墙。他没有朝我这里多看一眼。

那是我在这里待的第一天，临近中午的时候，才来了几批游客。他们的注意力都在那几只猩猩身上，那几只大家伙很活跃，积极地展示自己，拍两下胸脯，斜着身子跑两步，经过池子就跳进去洗个澡，甚至伸出手问人要食物。游客无暇顾及我，只在将要离开的时候，转身之际余光瞥到一眼，刚被猩猩逗乐的笑容一下子没有了，仿佛逛雕像展览，看见冰冷的石像突然动了起来，无不露出惊恐的神情，他们迅速从我面前抹过去。第一个和我交流的是一个年轻人，穿着灰色套头衫，手里拿着个大家伙，一台装了长镜头的单反相机，对着三只猩猩拍了将近半个小时，反复确认相机里的照片。离开的时候，他终于发现了我，朝我走了过来。他说，你是这儿的饲养员吗？我说，不是。他说，那你是实验人员吗？我说，也不是。说完后，我意识到应当多讲一点，因为协议中要求和游客积极互动。那你待在这里干吗呢？他又问。我说，这是我第一天上班，后面他们会在这里挂上一个牌子，上面有我的介绍。他疑惑了一阵，然后才反应过来，说，这是行为艺术吗？我说，不是。他说，那真是稀奇了，人有什么好看的，满大街都是，我可以跟你合个影吗？他提出了这样的请求，然后把相机交给一名路过的游客，身子贴到玻璃面前，伸出一只手托举着，仿佛是为了把我显露出来。拍完之后，他低头捣鼓着相机，穿过廊道走了出去。

　　动物园早上九点开门，下午五点闭园，这也是我被展出的时间，和上班时的作息一致。只是到了晚上，我不能离开这里，完全依照着动物的待遇，安顿食宿，供人参观。我也有我的饲养员，他叫六马，他在早上八点和晚上六点给我送餐，白天只能吃一些零食，没有专门的午饭时间。六马鼓励我和游客多交流，从他们的手里获取食物。我说，跟别人乞讨吗？六马说，这是动物园，投喂，明白吗？后来我才知道，我是动物园里唯一被允许投喂的动物，因为只有我能辨别食物，知道什么能吃，什么不能吃，但我也仅仅只向游客要过几支烟。管理员总是批评我，叫我摆正姿态，不可再把自己当作人。话虽这么说，但需要一个漫长的过程。第一晚睡觉的时候，我被邻居吵得无法入眠，这三只猩猩能发出三种叫声，厚重如嘶啸，呼哧呼哧，尖锐的又像鸟鸣，叽叽喳喳。即使戴上耳塞，仍然无法完全阻隔。尽管如此，那个夜晚依旧是一个清净的夜晚，没有人再打我的电话，喊我去加班，或是应对一些复杂的酒局。这儿太好了，我不用再费尽心力，想着如何扮演好一个儿子、丈夫和公司职员，避免家庭纷争、夫妻不和以及职场竞争。从玻璃天花板望出去，我看到一些植物的藤蔓，它们搭成了一个巨大的相框，画面中间是夜空，有漂亮的蛾眉月，还有少许星星。我从未这样观察过它们，好像月亮从没有升起过，星星也从未闪耀过。

之后的几天，动物园的游客越来越多。大猿馆也改了名，现在叫灵长类馆。游客们来到这里，不是被猩猩吸引，而是为了见一见这里展出的人类。他们在玻璃墙外对我指手画脚，时常露出轻蔑的笑容，这让我很不自在。他们像看动物一样看我，付钱买票，当了上帝，在我面前毫无忌惮。拍照，发社交媒体，昭告世界，在动物园里看到了人类。我想人这一生，都很少会像这样观察和自己不相干的人，他们更擅长窥视、闪躲和望向别处。只有面对画像或是照片时，才敢肆意起来。我坐在床沿，低头冥想，假装没有看见他们。直到有人走过来敲玻璃，我不得不抬起头来。这时我应当冲上去，一把抓住他的领子，然后说，看你妈，回家照镜子去。但我不能，不仅因为挑衅或袭击游客，管理员会把我转运到兽医院，进行心理评估。除此之外，还要罚我一天不许吃饭。

　　一个礼拜后，六马告诉我，动物园把广告打出去了，市民们知道动物园正在展出人类，都想来看一看。我说，他们想看什么呢？六马说，没有哪个动物园会展出人类，这就是他们买单的原因。当天下午，管理员带着摄影师来找我，要给我拍几张艺术照，做成海报，印到门票上。这给了我不小的压力，好像莫名肩负起了一些责任，但我并不知道游客期待看到什么。一个礼拜以来，我已经收到了无数东西。最多的是水果，尤其香蕉，他们递给我时，问我能不能转交给对面的猩猩。我懒得回答，剥开皮就吃。管理员骂我，我说这是一种互动。还有游客给我三个橘子，问我能不能抛一抛，表演个杂技。我说，我不会。他说，对面的猴子都会，你怎么能不会？那时我想说两句脏话，进了动物园以来，我还没说过脏话，情绪无处释放。人变成动物，素质倒是提高了。我看了一眼管理员，他正盯着我，我什么也没说，继续吃橘子。除了送吃的外，还有游客向我推销书籍，递来一本《基督山伯爵》，声称这是打发时间的良药，而且里面的主人公也在坐牢。还有人送了我一把小椅子，说是门口排队时用的，扔了可惜，给我正好。我甚至还收到过一枚避孕套，是一对情侣送的，他们在我面前站了很久，翻遍了背包才掏出这玩意儿。我说暂时用不上，他们一定要塞我手里，好像不送我点什么，这一趟就白来了。

在我还是个人类的时候，我尚且能想明白一些事情。比如说，游客为了一个人类走进动物园，多少带着些猎奇的心理。成了动物以后，我的思想有了变化。我不会爬树，不会跳火圈，没有尾巴可以摇，更不会开屏术，每天却有上百号人进来观赏我，这让我意识到人类的愚蠢。他们永远怀揣着无聊的动机，驱动自己奔赴虚无的疆域。我也与记者、导演、哲学家进行交流。记者问我，身在动物园，是否觉得自己的出身比其他动物更加高贵？我无法回答。导演问我，能不能配合他拍摄一套纪录片？我说，我难以应对人的目光，更无法面对冰冷的镜头。哲学家跟我讨论人和动物的区别。他说，人类有灵魂，但动物没有，你在这待久了，也会没有灵魂。但我宁愿我的祖先是猴子，也不希望我是被上帝造出来的。

半个月后，我以前的领导来了。他买了一张门票，找我签离职协议。进动物园之前，我在一家互联网公司做项目负责人。我们团队五个人，我做组长，开发了一款聊天辅助软件，帮助用户处理一些繁琐的聊天任务，诸如节日问候、情绪分享、男女暧昧之类。软件可以分析用户的聊天习惯，建立相关词库，模拟出真实的聊天模型。上线之后，火爆了一段时间，很快改变了网聊生态，因为没人知道自己面对的是真人还是程序，网友开始互相猜疑。甚至出现了新的产业，有人做起了贩卖聊天模型的行当。社区里活跃着一部分擅长聊天的人，他们用词高级、语言幽默，能谈成生意，也能吸引异性，聊天模型可以卖出昂贵的价格。几年之后，网聊生态几乎崩盘，人们面对修饰夸张的照片，虚实难辨的聊天对象，逐渐失去了网聊的欲望。后来激起了一阵复古浪潮，人们更加频繁地使用电话，增加见面次数，减少无效聊天。那正是我做这个项目的初衷，弱化互联网对人类社会的影响，但我并未向任何人袒露实情。我和领导汇报工作时，极力夸大它的正面功效，由于带来了不小的收益，公司并未察觉背后的市场动向。当这个项目成为公司的主营项目时，我也卷入了公司内部的斗争，项目经理窃取了本属于我的功劳，对我的下属实行越级管理，一步步地把我推向边缘。当这个软件日渐衰微之际，他又把责任推到我身上，让我当替罪羊。在我走进动物园之后，我一度将他们抛诸脑后，直到我在这里见到了我的领导。

他站在外边，我站在里边，我们之间隔着玻璃。他的手上拿着离职协议书，但是迟迟没有递给我。他说，我来找你，花了四十块钱买了张门票，也不知道公司给不给报销。接着他开始讲述公司近况，介绍上个季度的进展，公司又在开发一款新的聊天软件，但是还缺一个专业的架构师。讲到这里，他停了下来，故作惆怅地抱怨了几句，接着开始观察我，像那些游客一样。他说，技术部分都是你管，你这一走，公司瘫痪了，不负责任。我说，我不欠公司什么。他说，我俩没有私人矛盾，很多事情都是老板的意思。我说，你来这里又是谁的意思？他说，是我们一致决定的，只要你回来，上月工资照付，团队还是给你带。这事放一个月前，我也许会心动，但对现在的我而言，已经无关紧要。我找了一份无法辞职的工作，有了新的生活方式，人变成动物是一个不可逆的过程。但我无法与他言说这些，只能说一些扫兴的话。我说，我就待在这，哪都不去。他说，没必要把事搞这么大，你赢了，只要你回来，条件任由你开。我说，我来这里不是为了要挟你们。他说，那是为了什么呢？我说，这是我的新工作。我说完后，他涨红了脸，怒目圆睁，环顾四周一圈，猩猩正瞪着他。他苦笑一声，把离职协议书递给我，用轻蔑的语气说，还会签字吗？疯子。我迅速签好文件，将他打发了去。他把协议塞进公文包，转身离去。但他没有马上离开动物园，而是跟着人群去了下一个展馆。

之后几天，我看到好几个曾经的同事。他们悄悄来到灵长类馆，从我身边经过时，眼神上瞟，朝我这边偷瞄。被我发现，又尴尬地跟我打招呼。我还在公司的时候，没有一个人搭理我，每个人都沉默不语，宁愿用手机发消息。到了现在，他们又轮流买票进动物园观赏我，通常是在周末，游客最多的下午。放在往日，周末去见同事，通常意味着加班，没人肯干。可是现在不一样了，他们不仅想见我，甚至愿意花钱见我。人类的习惯，到这时我又有了新的感悟。

周末过后，周一早上我接到通知，动物园要闭馆一天。六马说，动物园死了一只麋鹿，我们要举行葬礼。上个礼拜，这只麋鹿离开了它的活动区域，在动物园里四处闯荡，先沿着鹅卵石路奔向溪流，再蹚过溪流隐匿于假山之间，在观鸟园横行，群鸟四散，最后闯入猎豹的区域，被活活咬死，场面十分血腥。这是动物园里第一次出现这样的事件，好在没有游客受伤。事发之后，管理员调查现场，麋鹿区的围栏有三米多高，没有损坏的迹象，无法解释它是如何逃出来的。但依照它的行进路线，管理员分析，此鹿一定性子极烈，且不合群，落得如此下场，应当算是自作自受。尽管如此，我们还是为它举行了隆重的葬礼。那是我第一次离开我的展馆，我们来到森林里的一片开阔地，麋鹿的尸体摆放在树枝搭成的木台上，围台约有二十来头麋鹿、熊与象，十几人，大多为驯兽师。傍晚已至，暗黄色的光芒照耀树林，像舞台中央的探照灯，把草与木映照成黑色，剥去实体，留下影子。湖面上积攒着一片浮光，似有水汽升腾，模糊了远处的黑影。我们低头悼念，尽管与它素不相识，但仍然悲伤并怀念，发出哀鸣。我没有和人站在一起，而是站在动物那边，但我不知道如何哀鸣，只是尽可能地哭泣。驯兽师拿起火把，用火柴点燃，然后朝木台扔去。烈火燃起，仿佛森林的壁炉，有烟升腾，穿过森林的屏障，一直升到天空，也朝着周围四散开来。我被熏得迷糊，竟觉得林中有雾。火光之中，我与人和动物交换眼神，人类的眼神复杂，动物的眼神哀怨，但不染一物。因为闻到了烧焦的味道，我的鼻子一阵酸涩，很快流下眼泪。

葬礼结束后，我回到了自己的展馆。日子又过去几天，我时常想起那只麋鹿。我与它正式见面是在梦里，我们之间隔了一条溪流，溪中有顽石，一半浮出水面。它站在溪边，头顶的鹿角仿若钉耙。它正对着一棵树木，安静的样子像在思考。等它发现我时，对视了不到一秒钟，立刻蹬腿，蹿入深林，像跳水运动员，身手矫健，动作迅猛，只留下草丛翻动的声音。我通常会在这时醒来。这是我作为一个人类的痕迹，总是会梦见一些不着调的画面，不像那只死去的麋鹿，它一次也无法梦见我，这是我们无法对视的原因。此后我觉察到一些轻微的变化，我的双腿正在变得健壮，手臂也在慢慢变长，我用四肢爬行，也能保持平衡，既抬得起头，也不会觉得上身沉重。我突然意识到，我正在变成一只荒唐的动物。

半年过去后，又有认识的人来看我，她是我妻子秋云。进入动物园之后，我知道有一天她会出现在这里。不过经历了这么多事情，我几乎把她遗忘了。此时此刻，她笔挺地站在外边，穿着黑色大衣，身后背着小提琴箱。半年前的某个晚上，我们大吵一架，声势浩大，前所未有。吵架的原因很简单，因为我把院子里的树砍掉了。那是一棵梧桐树，从她老家移植过来。秋云从小热爱音乐，学会的第一个乐器是笛子。当时她坐在村头的一棵梧桐树上，用笛子作了个曲，曲调悠扬，意境深远，借她的话说，连地上的青草都抬起了头。这首曲她给我吹奏过，的确好听，像乘着云雾在田野上遨游。当时我们还是大学生，第一次在外头过夜，我俩都很别扭。她对我说，我给你吹奏一曲吧，曲目为《秋冬》。演奏完，她就要我评价。我说，如诗如画。她说，这是一首歌，如诗如画是什么意思？我说，书像电影才好读，电影像小说才好看，音乐也是一样。除了笛子外，她还会二胡、钢琴、小提琴很多种乐器，但很少能再作出那样优美的曲子。直到有一次回家，她带着小提琴爬到了树干上，找回了丢失已久的灵感。她说，一屁股坐到大树上，人就跟通了电一样。自那以后，她每回上树，都能带一首优美的曲子下来。

结婚之后，我们把那棵梧桐树移植到了后院，为此我们查阅了很多资料，研究大树的移植方法。先挖掘，再叫吊车，最后在院子里挖同样大小的坑，将树填进去。移植完后，她如获至宝，终日待在树上，作曲演奏。邻居对此颇为不满，经常来敲我家的门。她略有收敛，但并没有收起琴弦，逢年过节时给邻居送小礼物，请他们通融。她决定多赚钱，买大别墅，从此无人打扰。那时她进了当地的音乐协会，在文化局工作，业余时间就替人作曲。休息日在家，我常受她的折磨，一段前奏听八十多遍，从早上编排到晚上，有时我要去树上给她送饭。以前她作曲，需要出门找树，现在树就在家里，更加方便。我说了她几句，树不是这么用的。但声音早已被音乐盖过，她没有听见。我知道她正在离我远去，尽管她就在院子里，三步之遥，甚至没有离开我的视线，但她早已身处另一个世界。那些纠结的音符正在侵占我的大脑，袅袅余音，不绝于耳。那日她从树上下来，说有事跟我商量，说是商量，实际上是通知，她要把后墙拆除，开音乐会，让镇上的人都来听。她说，你也知道，我就想开场音乐会，有什么问题？我说，咱们可以申请去剧院开，何必在自家后院开？她说，我要坐在树上，剧院没有树。我说，你就非得坐在树上？她说，非得坐在树上。

后来我们爆发了数次争吵，全因那一棵树、那一堵墙。有墙没树，有树没墙，这个道理我后来才悟出来。那天下午，我趁她不在，把她的梧桐树砍了。作案工具是从邻居那里借来的锯子，邻居是个木匠，问要不要帮忙一起砍，我说不用。后面有点费劲，也称不上砍，靠的是摩擦力。我一边锯树一边反思，事情走到这一步，到底是哪里出了问题，竟要和一棵树争抢我的妻子。有几下我没使上力，体内淌过一阵虚无的疼痛，突然不清楚自己在做什么。此时树干已被我开了一个巨大的口子，我继续锯下去，完全是因为半途而废不太好看。最后锯开树木、切到空气的那一刻，心里还是欢腾了一下，觉得汗没白流。大树被锯断后，它没有倒在地上，而是挂在了墙上。我在院子里站了一会儿，想了什么已经不记得。几分钟过后，墙面开始坍塌，树把墙压倒了。这时我才注意到了墙上的裂缝，像树叶的叶脉，它从中间开始断裂，显露出人为破坏的痕迹，它早已是一块破碎的拼图，承不住任何重物了。一阵尘土扬起，尘埃落定，树倒墙塌，什么也没留下。

当晚她下班回家，刚进门，我向她告白，拥抱她，告诉她我爱她，从未像现在这么爱过。她推开我，说，你发什么毛病？她已经意识到出了事情，径直往后院跑去，那里一片狼藉，什么也没收拾。她尖叫了一声，然后哭了起来，我不忍心看她的表情。结婚这么久，我没有见她哭过。她喊，你为什么砍我的树？我说，你为什么推我的墙？我们开始争吵，无休无止，但缺乏观点和逻辑，像两个小孩在互相喷口水。她说，每个人都是一棵树，现在你把我的树砍了，我没法再和你一起生活。我说，我可以当你的树。她说，你是个人，没有树枝，更长不出树叶。我说，人有没有可能变成一棵树？她说，人不能变成树，人只会变成动物，越来越野蛮，就像你一样。不可否认，她这句话给我带来了莫大的启发。

那一晚过后，我来到动物园。半年过去，她来动物园看我。她跟我说话，讲述这半年来的生活。她说她应当离开那棵树，但不是为我，而是因为灵感不应依赖外物。她又说我们走不到一起，因为动物园没有梧桐树。她还说了一些别的话，但我已经不太能听懂人类的语言，也无法回应她。最后，她将身后的箱盒放到地上，从里面拿出小提琴，在我面前演奏起来。这是我没有听过的曲子，起初悠扬婉转，仿若天鹅游湖，与另一只天鹅相遇，脖颈交错到一起。中间节奏变换，音调升高，像一把柔软的剃刀轻轻地刮动耳膜，如同篝火在雪天燃起，驱逐寒冬，无比热烈。到最后时，节奏加快，密不透风，起初是低诉，但音符错乱，后来变得高亢，如临悬崖，激昂呐喊。最后一个音符落下，似鸟归林，无牵无挂。演奏完时，展馆里已经站满了人，但无人出声，连猩猩也很安静。他们为她留出了一片半圆形的舞台，我和她之间空无一人，只有一条玻璃廊道，仿佛我也在舞台上。这让我想起我们住在公寓的时候，每当我们爆发争吵，邻居也是像那样看着我们。秋云自始至终都没有开口，但她已经把话全部讲清楚。她装好小提琴，掂了一下箱盒，背到身后，最后望了我一眼，扒开人群离去。

我永远记得她的眼神，像冷冽的湖风，带着清澈的寒气。假如船有眼睛，在它离开海港之时，也会投下那样的眼神。我记得的人类面孔不多，有时想起一些人，想到最后，他们的脸都变成了兽面。我由衷地想念秋云，一直到她离开很久，但说不上是释怀还是后悔。后来我很少再做梦，我知道动物是不做梦的，我无法再与他们在幻境中相聚，只能在最清醒的时刻想起他们。我身上的动物特征越来越多，毛发逐渐变得旺盛，背后发痒，一直连到手肘，似乎又要长出什么东西。而我的手指，也已经退化掉了一根。

那是我进入动物园的第一年，我没有了工作，也与妻子诀别。我远离人世，但无法远离人群。管理员为了帮助我改善环境，将我从灵长类馆移到了大象馆，但它们的味道过重，我无法忍受。后来又移到涉禽馆，与河马做了一段时间的邻居。在一个地方待久了，有时也会产生逃离的念头，这种人类的习性依然没有改变。六马告诉我，人进动物园后，变成任何动物都有可能，取决于内心的执念。他们为我检查身体，推断我有可能变成一只鸟，便问我入园之前是否为理想主义者。我不敢妄言，小时候用窗帘做披风，但终究没能飞起来。假如生出翅膀，也不知道飞往何处。最后他们将我安置于鸟园隔壁，他们给我盖了一间大房子，仍用玻璃造。我在那里认识了一只鹦鹉，它是我的邻居，由它充当翻译，让我得以与其他鸟类交流。那是一种深邃的语言，音节本身没有意义，只能表达情绪，喜怒或是忧伤，但它们已经无法吟诵蓝天。绿咬鹃告诉我，玻璃是世界上最可恶的监牢，它封锁肉身，但不蒙蔽眼睛。我听它们谈论理想，身上逐渐长出羽毛，由六马替我剪去。但羽毛越长越盛，逐渐到了难以收拾的地步。那时候我有了一个大胆的猜测，这里的每个动物都是由人演变而来。

第二年，我见到了我的弟弟，他是唯一一个来这里看望我的亲人。他比我小六岁，大学毕业没几年，现在是一名健身教练。他替我的父母捎话，要我抽空回家一趟，我已经两年没回家了，就算我在太空遨游，也不合适。我的父母已经年过六十，他们至今以为我在航天局工作，先把人送上外太空，再把自己送上外太空。他们终日在院子里看星星，颈椎病都治好了。他们问我飞得有多高，弟弟说比飞机还要高，他们吓坏了，什么东西比飞机还要高？弟弟回答，星星。他们又问弟弟，天上的星星若是从近处看，该有多大？弟弟说，星星很小，口袋里就能装得下，现在星星越来越少，都是被哥哥装到口袋里了。父亲又问是否合规，弟弟说，地球上的规矩，外太空无须遵守。母亲说，不是自己的东西，还是少拿为好。

这世上没有人会像他们一样观察宇宙，他们不关心嫦娥，也无所谓外星人，他们仰望星辰，是为了寻找儿子的踪迹。弟弟说，你该回家了，谎言总有被识破的一天。我说，我出不去，留在这里更好。弟弟说，那我带他们来看你。我说，更不用，我留在天上更好。弟弟说，你想与我们决裂吗？我说，没有哪个父母愿意看到孩子变成畜生。弟弟说，你难道要一直待在这里吗？我说，我还没想好。我脱去衣服，露出背脊，向他展示我的羽毛。如果能变成一只鸟，我就能飞到天上，他们抬头仰望的时候，也能看见我。弟弟没有说话，掏出酒独饮，最后一杯灌满，放在玻璃前，算是道别。

弟弟离开后，我与人类的账全部算清。我无须再和任何人沟通，我逐渐失去语言，只保留基本的喊叫能力。我出让理性，滋生兽性，我长出了尾巴，羽毛也开始疯长，它们挤开我的皮肉，吸收体内的营养，也吸收阳光。六马不再为我裁剪，管理员认为，不论我变成什么样，对动物园来说都是个很好的话题，他们关心的是能卖多少票。他们帮助我打理羽毛，同样期待它们能够结成翅膀，因为历史上从未出现过这样的动物。我拥有了极好的胃口，吃树叶，吃花苞，吃虫子，同时练习奔跑和跳跃，试图在空中停留更久。五年过去，我的羽毛逐渐丰满，翅膀也有了样子，从后背一直垂拉到膝盖。又过几年，它们终于能用了，像我的第三和第四只手，我轻轻挥舞，就能纵身飞跃到树顶。再一跃，便能盘旋于鸟园顶部，与群鸟结伴，触碰最上层的玻璃，仿佛在叩打一扇天堂的门。

此后，我远离大地，生活在高空，用我尚未退化的拳头敲击玻璃，它冰冷坚硬，有时又热得发烫。我呼唤群鸟为我掩护，但还是被管理员发现。不过他们并没有处置我，而是与我商量，不论我想凿开什么，能否在休息日进行，倘若答应，他们愿意睁只眼闭只眼。我后来才明白他们的意图，休息日游客更多，大家群聚于此，鸟撞玻璃是人类热衷观赏的景象。海狮表演停下了，猴子也不再骑车，游客到动物园，都是为了见证我撞破那面玻璃墙。他们为我起了个响亮的名字，鸟笼兽。他们开盘下注，打赌我会在哪一天达成目的。他们为我加油，催我使劲，但老实说，我并未受到多大鼓舞，因为我与一只跳火圈的狮子并无不同。我甚至开始怀疑，究竟为什么要击打这面玻璃，就因为它横在我的面前，所以就要挨我的揍，好像也说不过去。六马提醒我，做这些都是白费力气，因为人世间是一个更大的玻璃罩子。我没有理睬，仍旧机械式地奋力敲打，好像这是桩必须完成的任务。一个烈日炎炎的午后，我终于听到了玻璃碎裂的声音，还没反应过来，一阵风从我身上淌过，轻撩起羽毛间的缝隙。众目睽睽之下，我逃离了动物园。我抖动翅膀，玻璃碴子从我的羽毛中掉落出来，大功告成的感觉，只存在一刹那间，随后我想起了那只被猎豹咬死的麋鹿。

从高空望去，人类无比渺小，密密麻麻地聚在鸟园前面，像挨着扫帚的半圈灰尘。我听见了他们的欢呼，但辽远、生涩，未必与我有关。我骄傲地俯视他们，继续朝空中飞去。但应该飞向哪，我不知道。也许我该去见一见我那树上的妻子，或在星空明亮的夜晚，飞到我父母的窗前。但我已经变成了动物，更容易被人当成怪物，眼目无神，不知道如何与人对视。我决定哪里都不去，先找一朵云盘坐，庄重思考，人变成鸟，究竟是进化还是退化？我继续挥动翅膀，钻入深空，任凭风灌进我的耳朵。但还没跃出多远，我的脑袋突然撞上了什么东西，猛地磕了一下，几乎晕死过去。我睁开眼睛，什么也没看见，只有天和云，以及热烈的阳光，一圈一圈地从上方照下来。我伸出手，朝我的头顶探去，我摸到了无形之物。这是我无比熟悉的质感，它冰冷坚硬，却很烫手，它是一堵新的玻璃墙。当我触及之时，我听到地面上传来了人类的笑声。

宇宙中心原住民

何仁觉是一个杀人犯，但杀的是什么人已经记不得。他的右手食指上有块茧，只有长期使用枪械的人才会有这种茧，长在中间那一关节上，细长而厚实，仿佛是扳机留下的吻痕。这块茧交代了一些不可忽视的线索，他把这事写进了笔记本，宣称自己曾经是个枪手，纵卧山林，弹无虚发。但如今不太一样，他的手上又长出了新的茧。到了这一天，他像往常一样在这间屋子里醒来，抬眼望去，墙面上布满了电路板，电路线头从天花板上垂下来，像屋子的刘海一样。这里没有窗，空气已经不新鲜，球状吊灯是屋里唯一的光明物。

此刻他什么也不记得，陷入了失忆的状态。靠床的墙上贴着一张便签，上面写着一个短句，重复的劳动使人健忘。他坐到带靠背的旋转椅上，正对着屏幕和指示灯。指示灯亮起时，会发出剧烈的警报，接着屏幕上出现无数条波浪线，他用右手握住操作杆，将它从这一头扳到那一头，警报就会停止，波浪线也会变成无数个小黑点。下一次警报响起时，他再重复这样的动作。操作杆是一个方形柱子，握上去相当硌手，移动起来也十分困难，仿佛下面卡着块大石头。这是他唯一没有遗忘的事，全凭来自身体本身的记忆。当指示灯亮起时，他无法控制自己的手臂，仿佛是从别的地方移植过来的，接口并不在自己的身体上。他目视着自己的手臂从腰下抬起，握住操作杆，像和人掰手腕一样用力把它扳倒。整个行为已经与他的意识无关。

他模糊地记得这是个重要工作，甚至是世界上最重要的事，正是有了这一间操作室，整个宇宙才能安稳地运行，一切都与那个神秘的操作杆有关。他在笔记本上写下了一个猜想，这根操作杆如同汽车的换挡杆，他是地球的驾驶员，维持着地球的自转运动。这个想法让他兴奋了整整一个礼拜，在那一个礼拜中，他每一下推杆都格外用力，一度忘记了手掌的疼痛。但他很快又陷入了别的忧虑，比起换挡杆，他更想握住地球的方向盘。

操作室下方有起居室和卫生间，需要爬一段梯子。这是他平常的活动范围，起居室有窗，窗外是墙。地面上铺了一层方格橡胶垫，凌乱得不成样子，几乎没有落脚的地方，总是碰到酒瓶、不知头尾的电线、用途不明的零部件和封面破损的书籍，一页页泛黄的纸从中吞吐而出。旧衣物杂乱地团在沙发上，很久没有被动过，令他感到不解的是，其中似乎还有一些女人的衣物。但他不愿上前确认，这些衣物几近发霉，仿佛一翻动就会飞出无数蝇虫。每到饭点，谭黎就会为他送来食物，挂在房间外的门把手上，敲三下门，然后离去。他们还没有交谈过，何仁觉认定自己是个杀人犯，杀人犯不应当与人产生太多交流。但那天他叫住了谭黎，门外是一个回旋楼梯构成的廊道。谭黎转过身，问，出什么事了？何仁觉说，我什么也记不起来了。回声在圆墙之间起伏振荡。谭黎说，遗忘是好事，您可以更专心地投入工作。何仁觉说，楼上的机器是做什么用的？谭黎说，您不让我跟您解释太多。何仁觉说，我什么时候说的？谭黎说，之前说的。何仁觉说，为什么要听从之前的我的命令？谭黎说，我是您的助理，您需要我做什么我就做什么。何仁觉说，我到底在做什么工作？谭黎说，我说不上来，恐怕只有您自己清楚。何仁觉说，我根本不清楚，看你的样子就明白了，你知道的肯定比我多一些。

谭黎说，什么也不好说。何仁觉说，现在的我和过去的我，你到底听谁的？谭黎说，过去的您。何仁觉说，为什么？谭黎说，因为过去的您预料了此刻发生的事情。

谭黎离开后，何仁觉在笔记本上记录下一切。谭黎是一个年轻人，皮肤偏黑，身材瘦削，棕黑色的眼珠牢牢钉在眼眶中，看人时显得格外尊敬。但倘若只做一日三餐，工作未免过于轻松了。吃完午饭后，何仁觉又把手放在了操作杆上。这是他发现的诸多奥秘中的一个，当他的手离操作杆越近，他身上的肌肉就越松弛。手一旦离开操作杆太远，心跳就会加快，连呼吸都会变得不太顺畅。他的床就在角落里，离操作台两米远，床下全是他喝完的酒瓶，在空气中散发着淡淡的酒精味。虽然一个跨步就能够到操作台，但他还是有些不放心。午休的时候，他的脚紧紧贴着床沿，仿佛发令枪前的运动员。他就这样入睡了，双手紧紧地拽着床单，脑海中正在痛苦地做梦。梦中的自己是一位将军，穿着厚重的铠甲，战争已经胜利了，但他无论如何也无法脱去这身铠甲。它已经取代他成为新的身躯，固定住他的灵魂，即使他死了，铠甲也会延续他的生命活动。

何仁觉醒来时浑身湿透，警报还没有响起，吊灯从天花板上垂下来，向墙面上投去一个正在颤抖的黑影。这间屋子勉强容下他一人，尺寸刚好，不给他活动的空间，也不至于因逼仄而发疯。桌上有一台收音机，是他与外界唯一的联系，大部分时间里，收音机发出的是电子噪声。只有早上的时候，他可以听清播报天气的节目，阴晴各占一半，要是碰上下雨，往往连下好几日。他每天早上与它对赌，预测今日的天气，像竞猜一样等待开奖，那是一天中唯一有趣的活动。天气播报过后，收音机再度嘈杂起来，像塑料袋摩擦时发出的细碎声音。他就凭借此声幻想外面的世界，凌乱的宇宙正在被捣碎，石子像雪花一样落下，颜色只有黑或白，等到夜幕降临，人们把窗帘拉上，世界就像电路板上的指示灯暗去了一格又一格，从此再无生命的气息。他在这种灰暗的景象中面壁，同时无法解释自己的焦虑，只能再一次把手放到操作杆上，冰冷的物体给予他无可替代的慰藉。已经下午三点了，今天仍旧无法走出房门，他朝窗户外看了一眼，那窄小的洞口外面是一堵墙。正当他试图用目光洞穿墙壁的时候，他想起了两句话。第一句话是，平行时空之间另有桥梁。第二句话是，光是可变形的智能粒子。想到这里，他记起了自己的身份，他是一名物理学家。

傍晚时分，谭黎来送晚饭，何仁觉问他，我在这儿待了多久了？谭黎说，有几年了。何仁觉说，外面是什么样的？墙上有窗是房子，没窗是监狱，是不是这样？谭黎说，外面什么也没有。何仁觉说，什么也没有是什么样？谭黎说，教授，您把眼睛闭上，您看到了什么？何仁觉说，什么也没有。谭黎说，外面就是这模样。何仁觉说，我一点也想不起来了。谭黎说，这是您第三次失忆了，也许已经不止三次，在我之前您雇用过别人。何仁觉说，我的家人呢，他们在哪里？谭黎说，您抛弃了他们，因为您有更要紧的事情要完成，整个宇宙的命运在您手里，至于我，只是为您做饭和打扫卫生，这些话也是我第三次回答您了。何仁觉说，是我自己把自己关在这儿的？谭黎说，据我所知是这样。何仁觉说，如果我想出去，我可以走出这扇门吗？谭黎说，当然可以，您是自由的。

当天晚上，吃完了谭黎送来的牛肉饼、鸡汤和白米饭后，何仁觉站在门口，漆黑的暗影从上方的窗子里透进来，头顶是他居住已久的电子洞穴。门把手为圆柱状，如同一段水柱，光滑无比，毫不硌手。但不知出于何种力量，他始终无法拨动分毫，一种磅礴的信念早已根深蒂固，不受记忆的牵制，牢牢将他缚在此处。根本就是一起绑架，除了犯下杀人罪行之外，没有什么过错抵得上这种精神折磨。天花板上安装了一截单杠，他可以在上面做拉伸运动，以此避免久坐导致的腰椎问题。何仁觉抓住单杠悬挂了一会儿，一度感到神清气爽，不过手掌上的伤疤又开始隐隐作痛了，这是个令他感到折磨的交易，用手掌的痛苦交换身体的舒畅，他无法坚持更久。就在这时，操作室里的警报响了。他几乎是被惊吓着跌落到地上，脑海中闪过一些转瞬即逝的画面，身体先于大脑做出了反应。他两个跨步爬上了梯子，蹿到了操作台前，显示屏上闪动着无数波浪花纹。他强忍着痛苦扳动手杆，手杆的棱角正好嵌进了受伤的纹路。他几乎在对抗整个地球的重力，一度感到头晕目眩，地动山摇，就连余光里细小的波浪线也变成了声势浩大的汹涛巨浪。整个操作室仿佛在浪尖上翻滚了一圈，历经浩劫后终于恢复了平静。何仁觉已经被汗水湿透了背脊，尖锐绵延的警报声在耳畔余音袅袅，仿佛空中盘旋已久的飞鸟，翅膀的黑影成了挥之不去的音符，一圈圈地在脑袋上方萦绕。

他摊开手掌，四条鲜红的血印排列整齐，鲜血尚未渗出，这时他回想起了脑海中一闪而过的画面。年轻时，他曾在郊外独居，对着一片池子垂钓，钓到鱼就立刻放生，每天就重复做这样的事情。一直到一个月后，他发现这个池子里只有一条鱼，那条被他反复扔进池子，又反复去咬钩的鱼，最后一次上钩后，终于在他的掌心死去。面对着灰蒙蒙的湖面，他陷入了沉思，过去的一个月里，他不知道自己和鱼究竟哪一个更加孤独。他并非平白无故地想起这桩往事，而是眼下遭遇的另一个镜面，生命中所有的痛苦都有其相通之处。他仍未找到打开记忆之门的钥匙，但有了些许眉目。

三天之后，他经历七次警报，想起六段过去的记忆，与谭黎交谈过五回。他将得到的线索罗列在墙壁上，越来越感到被欺瞒的痛苦，即使是那些默不作声的线路板，也比他掌握更多的真相。他是自愿留在这里的，这是他得出的唯一结论，他的工作就是将操作杆反复拧拉，在这个暗无天日的房间里，重复着世界上最枯燥的劳动。过去的几天里，他几乎站到了门外，但无法打败根植于体内的顽固信念，最终还是回到了房间里。

第四天，谭黎又来了，给他带来了一面镜子。镜子中是他自己的模样，眼睛无神，面容瘦削，睡衣也像病号服。经由谭黎的提醒，他才知道自己已经四十八岁了，但他的样貌比年龄要苍老许多。谭黎试图用这种方式唤醒他的记忆，以为能少走弯路，何仁觉的反应令他惊讶，他突然瞪大眼睛，大口喘气，猛地把镜子摔到地上，仿佛看到了不可饶恕之物。一阵脆响过后是长久的寂静，他们都惊恐地望着彼此。谭黎蹲下身，开始收拾碎玻璃。就在此时，何仁觉说，我很久没有见过树了。谭黎愣了一下。何仁觉继续说，下次能不能带棵树来？谭黎说，树很大，带不进来。何仁觉说，小点的树叫什么来着？谭黎说，您指的是盆栽？何仁觉说，是植物，给我带一株植物来。谭黎说，哪种植物？何仁觉说，我想见见这里没有的颜色。谭黎说，房间里没有阳光，不好养活。何仁觉说，人也需要阳光，我能活它为什么不能活？

为了让何仁觉满意，谭黎带来了不同颜色的植物，一截枫树树枝、一碗仙人掌盆栽和·株蓝睡莲。它们分散了何仁觉的注意力，他的目光不再局限在操作台上，开始精心照料起这几样植物。他拔下仙人掌上的尖刺，将它慢慢戳向自己的眼角，仅仅只是出于好玩，然而警报却在这时响了。到了晚上，他准备剪裁枫树叶时，警报又响了一次。这两次实验中断令他颇感恼火。往后的半个月，他开始记录每一次警报响起的时间，试图掌握其中的规律，好在它来临的那一刻提前做好准备。当他记下第七个时间时，手掌的血印擦到了白纸上，看着那一串又一串毫无关联的数字，他意识到自己的探索不过是徒劳，但仍然坚持了两个礼拜。当谭黎再度来到这里时，何仁觉向他提出了更无理的要求，恳请他为他带来一位女人。

谭黎没有丝毫惊讶，只是平静地说，这事不太好办。何仁觉说，我太久没有见过女人了，都快忘了她们长什么样。谭黎说，我可以问下尊夫人的意见。何仁觉说，既然我已经抛弃她了，就没有必要再见面。谭黎说，这里是不许外人进入的。何仁觉说，谁规定的？谭黎说，您当初定下的。何仁觉说，那好办，我决定更改这项规定。谭黎说，涉及人的话，事情就不由我做主了。何仁觉说，记得当年我走在大街上，路上有一半是女人，现在还是这样吗？谭黎说，还是这样。何仁觉说，那没什么难的，如果陆地上有一半是森林，你能轻松为我搞来一根木头。谭黎说，先生，这是您最后一个要求吗？何仁觉说，为什么要用那种眼神，我是无礼的人吗？谭黎说，我不敢冒昧评价。何仁觉说，既然我掌握着宇宙的命运，这样的要求不算过分。

一个礼拜过后，一个陌生女人造访此处。谭黎并未与她一同前来，但已提前告知女人的信息。此人名叫温妮，是心理学的专家，主攻记忆与认知方面的理论研究，谭黎认为她能够帮助何仁觉找回记忆，要是运气好，顺带能完成她自己的课题，这笔钱当然由何仁觉自己来出。但何仁觉认为谭黎多此一举，他根本无意谈论这些，如果记忆珍贵，一开始就不会遗忘。但他见到温妮时还是极为惊讶，有种一见如故的畅快，好像在日落时分终于看清了太阳的面目，填补了他想象中无法触及的空白。何仁觉说，我想起来了，你们女人就是长这样，甚至连我妻子的模样也想起来了。温妮进门之后，将带来的工具箱放到桌上，里面有水晶球、猫眼石灵摆和催眠蜡烛。温妮并未理会何仁觉冒犯的言语，认为是物理学家不通世故的表现。她说，我受谭先生之邀来帮助您治疗，希望您能够配合。

温妮先递给他一份光学论文，这是何仁觉曾经的作品，他许久没有见过这么多字，大部分文字已经念不出来，只有几道公式尚可辨认。这些轻巧的文字并不能勾起他的记忆，他皱着眉头研读了一会儿，然后把论文反扣在桌上。何仁觉显然还没掌握和人交谈的秘诀，也不知道要保持多远的距离才算合适，他坐在椅子上直勾勾地望着她。两人的目光之间仿佛要连起一排晾衣架，把所有湿润的想法都拎出来晒一晒。何仁觉的态度过于暧昧，温妮已经感到些许别扭，为了缓和气氛，她问何仁觉为何一人独居在此。何仁觉说，我受了诅咒，不能跨出这扇大门。温妮说，我们很早之前见过的，既然你失忆了，应该不记得了，你在研究什么课题？何仁觉说，什么也不干，就在这里耗着，世界上最无聊的工作也是最重要的工作，有没有这种可能？温妮说，压力太大的话，为什么不离开这里？何仁觉说，外面是什么样的？雪应该不常见到，要是能出去，我倒是想淋场雨。温妮说，你把眼睛闭上。何仁觉说，闭上了。温妮说，睡觉的时候把眼睛闭上，就能看到外面的世界了。何仁觉说，我总是梦见一个穿铠甲的人。温妮说，梦境是现实的一部分。

询问了一些基础情况后，温妮认为何仁觉受到了重大刺激导致失忆，并非像他自己所说那样，是因为无止境的枯燥劳动所致。但何仁觉自己并不认同，他带着温妮进了操作室，请她参观那台庞然机器，为了防止灰尘进入机器，他要求温妮脱下鞋子。房间里灯光昏暗，他们站在阴影底下，坚硬的铁架子臃肿地填满了大部分的空间，轻微的电流声像血液在血管里流动，一块老式电子屏安在机器的正中心，几处指甲大小的小灯泡散发着忽明忽暗的浅绿色光芒。何仁觉说，就是它将我折磨成这样。他向温妮解释了自己知道的一切，向她展示手掌上的伤痕。他许久没有讲过这么多话，人也比过去任何一天都要有活力，声势抑扬豪迈，听上去引人入胜。尽管他的遭遇如此怪诞，温妮还是被他打动，认为何仁觉投入了过量精力，出现了心理障碍。她曾经见过这样的病人，他们往往拥有过人的智慧，但在面对精神情绪方面的手段相当贫乏，因此难免变得错乱癫狂，无法和平常人一样生活。

温妮提议使用催眠疗法，何仁觉再三拒绝，认为这会耽误他履行职责。这让温妮有些为难，她一连好几天来到这里，想要探寻出这间屋子背后的秘密，也曾见过警报响起，何仁觉拼命拉动手杆的样子，左手支撑着台桌，右手拼命发力，仿佛要把手里一张无形的满弓拉断。温妮提议，如果是这样的工作，雇个工人来做就好。何仁觉坦言无法把它交给别人，尽管他失去了记忆，但却十分清楚此事事关重大，必须亲自把关。温妮说，下一次警报响起的时候，可以不去管它，看看接下来会发生什么。何仁觉坦言自己无法做到，因为身体不受掌控。他说，就像屋里起火了，没法克制求生本能一样。

在与温妮的交谈中，何仁觉得知自己正身处一个塔楼的顶部，一个立体方形建筑，由一块块玻璃叠成，看上去像个蜂巢。温妮声称那并不是玻璃，是他曾经发明的一种特殊材料，可以将光线收集到建筑内部，就像用手握住水一样神奇。这是只有在外头才能望见的景象，何仁觉并无想象的能力。温妮在纸上画出草图，浅浅几笔勾勒出光晕，请他作出解释。何仁觉说，这难道不是正常的物理现象吗？温妮说，绝不正常，光是直线传播，不可能像雾一样流动。她无法相信自己正为何仁觉解释最简单的自然规律，这位闻名遐迩的物理学家，如今像中学课堂里的一名学生。何仁觉似懂非懂地点头，艰难地突破认知障碍，勉强记到脑子里。温妮看着何仁觉逐渐面露难色，仿佛见识着最伟大的画家拿着透明纸临摹简笔画本，不仅荒诞，也有些可悲。思忖了一阵过后，何仁觉笃定地说，不，在我的印象里，光不是直线传播的。

何仁觉又带她进入操作室，合上梯子下面的隔板，打开头顶的吊灯，黄白色的光从头顶倾泻而下，人影在地，静谧如水。何仁觉说，不要着急，我们先等一等。他们在狭小的空间中度过了半个晚上，喝了酒和咖啡，何仁觉把夏威夷果拿了出来，这是之前谭黎带来的，他并不喜欢吃零食，只是名字听着漂亮，一直没舍得扔。凌晨两点时，警报响起，惊醒了半醉中的温妮。何仁觉已坐在操作台前，叮嘱她仔细观察光的影子，他拉动手杆，房间像往常一样地动山摇。温妮在那一刻发现了惊人的一幕，她的影子像裙摆一样飘到墙上，甚至浮上吊灯的背面，而那并不是因为吊灯的震颤，而是影子自身的晃动。房间的抖动也不像以往印象中那样剧烈，只是因为光影的晃动，增添了气势。等到一切结束后，她的影子又像树叶一般飘落至脚下，原封不动地归还到先前的位置，没有丝毫的偏差。温妮望着何仁觉，不可置信地接受这一切，何仁觉耸了耸肩，神情十分得意，像刚结束表演的魔术师。何仁觉笑，你从未见过这样的表演吧？

　　他们正是在那个幽暗的夜里产生了情愫，何仁觉无法言明，但温妮对此已有察觉。她趁机掏出了猫眼石灵摆，嘴里开始念叨神秘的词语。何仁觉瞪大眼睛，但并未来得及做出任何反抗，就向椅子的一侧倒去。温妮伸手拽住了他的肩膀，将他拖到床上。入睡之后，他到第二天下午才彻底惊醒，那一声警报将他带出梦乡。他睁开双眼，温妮正坐在他的身上，姿势撩人地注视着他，目光所到之处皆有火焰燃起。久违的性事令他懈怠了自己的职责，温妮按住他的肩膀，也按住了他想起身的想法。他看到他们的影子正在爬上天花板，时而像纸扇一样折叠，时而如雨伞一般展开。

　　警报声在五分钟后停止，但于两人似过了一生之久，何仁觉恍如隔世，后背黏稠的汗液消融在床单上，头顶的暗影定格于天花板中心，耳朵里不再传来收音机的嘈杂之声，取而代之的是来自另一个世界的细声呼喊。温妮从他身上离开的时候，何仁觉感到一阵无名的惆怅。他看到电子屏幕上的波浪纹正不停闪烁，不由得望出了神，但视觉画面并没有传递到大脑，他逐渐想起了所有的事情。

早在何仁觉年轻的时候，他就发现了光子的奥秘，它是连接不同时空的桥梁，沿着光线可以去往另一个世界。他每天要打数百次光子枪，食指磨出厚实的手茧，为的是凿出一个虫洞，就像在墙面上开个口子一样。不过这个虫洞悬浮于空中，更像是马戏团里老虎跳的火圈，无比炫目，但也危险重重。何仁觉穿过虫洞，来到了一个全然不同的世界，他游历山川，足迹遍布四海，发现整个地球正处于混乱之中，正在经历第二次世界大战，但科学理论却尚未完善，物理学家们还在为光的属性争论不休。没过多久，他又见识到了战争和原子弹的爆炸，一整个城市在弹指间化为乌有。尽管这一切都发生在陌生世界，也足以成为他一生难忘的记忆。何仁觉产生了悲观的想法，此后数年，他开始研制新的发明，为的是阻止各个时空的联结。当研究员们问起他的新项目时，何仁觉声称要给自己的房子安上一把锁。

四十岁那年，何仁觉发明了制光机，几乎耗费了毕生心血。制光机用于改变光的形态，只要转动操作台上的手杆，光就会从波变成粒子，再转一下，光再由粒子变成波。在另一个世界的公元1961年，一位物理学家正在进行双缝干涉实验，光子通过双条狭缝，探测屏上出现了数条干涉条纹，此时光为波。而当物理学家进行观测时，制光机内的警报就会响起，何仁觉转动手杆，光又会从波变为粒子，光子通过双缝，探测屏上只有两道条纹，并无干涉痕迹。另一个世界的物理学家们无法做出解释，即便是像爱因斯坦这样的物理学家，终其一生也没有从波粒二象性的困局中走出来。他们只能得出浅显的结论，光是粒子或波取决于它是否被观察，进而延伸出意识决定物质的讨论。正当物理学家们一筹莫展之时，何仁觉正坐在宇宙彼岸的制光机里，摇晃着酒瓶，抚摸着真丝毛毯，心满意足地看着自己的伟大作品，高傲地幻想着宇宙另一头的物理学家们是如何地迷茫。

从外表上看，制光机是个庞然大物，像公路上行驶的大型卡车。何仁觉一生发明无数，专利证书塞满抽屉，制光机无疑是最重要的一件。他召开了一场简短的发布会，准备把它贡献给物理局，派专人操作。他详细讲述了机器的用途，其中反复提到了光子与平行世界的联系，记者们无法领略其中奥义，眉头紧锁地望着他，仿佛盲道上走失的盲人，迷惘无措，满头雾水。何仁觉在台上不停咳嗽，他几乎绝望地意识到，相比探索宇宙，和人类沟通是更为困难的事情。自那之后他不再说话，语言终究是词不达意的工具，只有物理公式才能讲述真理。

这台机器被安置在一座灯塔的顶部，那里能够恰好地采集光线。起初，何仁觉想找一位专门的操作员，代替自己处理警报。为此他成立了专门的工作室，罗列出一些条件，此人应当自律自觉，吃苦耐劳，接受过良好的教育，精通物理学，最要紧的是，要有抵抗孤独的能力。何仁觉发动研究院去寻找这样一个人。由于待遇丰厚，吸引了不少人才。然而到头来却没有一个人能够完满胜任，即便是坚持最久的操作员，也只干了不到一年的时间。他们无法专心致志地对待每一次警报，也常常在夜晚降临时体会到工作的虚无，认为这项工作和服刑无异，没有自由，没有阳光，就连何仁觉反复提到的使命感也在岁月的流逝中荡然无存。何仁觉再一次体会到无人理解的痛苦，尽管他再三强调，事关整个宇宙的命运存亡，但并没有给操作员带去任何鼓舞。他们没有坚实的信仰，背负整个宇宙命运的同时，也让他们离怯弱的灵魂更近。

一个心事重重的夜晚，月亮高升，银光满地，何仁觉走进塔楼，爬上环形楼梯，来到了这间他自己打造的铁屋，此后再没有踏出半步。这是他一生中最艰难的决定，他不得不割舍过去的一切，放下亟待完善的物理研究，抛弃算不上圆满的家庭。那时他记忆清晰，信念牢固，上肢力量也远比现在发达。即便困于囚牢之中，也总以为能找到周旋的办法。直到他日渐衰老，精神被酒精麻痹，记忆也逐步丧失，但日复一日的训练仍旧使他信念坚固，在警报响起的一刹那，他更接近于机器而非人类，总是迅速地解决每一次危机。

何仁觉惊讶于自己不可名状的责任感，这与曾经的自己相去甚远。年轻的时候他是一名疯狂的科学家，为了通向更广阔的未来世界，哪怕毁掉地球也在所不惜。他的毕业设计是人造闪电，他在学校的教学楼顶大显身手，仅用一根鱼竿就招来了数道紫色的闪电，在云层下惊雷四射，仿佛天空的裂痕。毕业后他变本加厉，为了检测自己发明的变压器，不惜将一块无人区轰为平地。为了测试新的人工降雨设备，一度引发城市洪水。他就这样肆意挥洒着自己的天赋，将地球视为一间巨型实验室。就在他坐在制光机里的时候，也无数次提醒自己，人类不值得费力拯救，他们无知、脆弱，也不懂得感恩。但当他闭上眼睛的时候，还是会想起原子弹爆炸的场景，神在他的耳边喃喃低语，科学的尽头是毁灭。

这样的压力最终把他彻底压垮，他在自己搭建的陷阱中沉沦，也在枯燥和重复中丧失记忆，最终幻化成一个虚妄的信念，坚信自己正掌握宇宙的命脉。除此之外的一切皆已埋葬，墓碑上也不留下任何字迹。他想起一切的时候夜已深，思绪再度回到了这间狭小的暗室里，像是刚从历史的图卷中爬出来，历经无数个文明的轮回，内心沉重，思绪饱满，完全不像一个深居简出的人。面对着这片久违的幽静，何仁觉觉察到了静谧背后的狼藉，制光机没有像往常一样启动，屏幕上的玻璃条纹仍在闪烁，这意味着光仍处在波的形态。这是有史以来的第一次，他不知道之后会发生什么，但是脑海中已经浮现了蘑菇云升腾的场景。

何仁觉已和前一晚不太一样，他经历了数次遗忘，也数次找回记忆，这是无数次轮回中的一次，记忆唤醒了他的使命感。他从床上爬起来，温妮站在吊灯底下，长发驱逐了炽热的灯光，身体近而目光远，仿佛已经洞悉了一切。何仁觉在两个极端世界中摇摆，几乎失去了衔接过往经历的能力。时空另一端丰富而庞杂，事后回想起来，如同蜃楼的远影，只有巴别塔和亚特兰蒂斯的叙述，才能撑起如此恢弘的虚构。而此刻所立处的空间，又如峡谷洞穴，隔绝于世，小到只剩下他和温妮两个人。但是他并不准备向温妮解释什么，很快就从旧日的依恋中挣脱了出来。

从何仁觉变化的眼神中，温妮知道自己的催眠起了效果。温妮说，你是不是想起什么来了？何仁觉说，我认识你，上一次来这里的人是你，再之前也是，你还是老伎俩，玩催眠，装作什么也不知道。温妮说，你也是老样子，失忆后干的事也一样，活着就是一趟趟轮回，我算明白了。何仁觉说，让你笑话了，你是个好的治疗师。温妮说，又要赶我走？何仁觉说，咱俩不是一个世界的人。温妮说，这种话就免了。何仁觉说，不是你理解的那样。温妮说，下次让谭黎找别人吧，我有些累了，再这样下去，该轮到我失忆了。何仁觉说，我找过别人，不如你管用。温妮说，可得了，你也是个好标本，到现在我也不知道你在想些什么。说完后，温妮爬下了梯子，随后何仁觉听到了关门的声音，一个满含愤怒的音符，地面都跟着震颤了一下。安静了一会儿后，这里又变成了他的世界，他站在灯光下，影子却在天花板上游荡。他十分享受此刻的孤独，仰着脑袋做了一次深呼吸，幻想着世上每一个超脱于时代的天才，他们都要面对这样的孤独。

那天过后，制光机的警报越来越频繁地响起。何仁觉明白，那晚没有阻止的警报，让另一个世界的科学家有了新突破，此刻他们正在加大实验的力度。再这样下去，他很快就要忙不过来，何仁觉开始盘算新的对策。一个晴朗的早上，他突然产生了新奇的想法，他想去见一见平行时空中的自己。于是他拿出了光子枪，开始在空气中打出虫洞。一颗颗光子聚集到空中，不断地扩展自身面积。等到它变成了云朵的形状，何仁觉先将手伸了过去，这一块云状物忽然变为透明，透过虫洞，何仁觉看到了另一台制光机里的自己，他正坐在操作台前，靠在椅子上，安静地盯着屏幕。没有什么多余的意外，黑暗的洞穴，孤独的守塔人，每一个时空中的他都在忍受着这种折磨。他忽然觉得去这一趟也没什么必要，心中又泛起自怜的哀叹，就在他准备关上通道的时候，他听见虫洞里制光机的警报响了。另一个他开始扳动手杆，他望见了令他胆寒的一幕，制光机的屏幕上并不是波浪线和小黑点，而是一个智能机器人的图案。当虫洞那头的自己将手杆拉过去之后，智能机器人变成了由波浪线构成的圆点图案。

当那头的警报声停止时，何仁觉这边的警报响起了，屏幕上是波浪线。他一下明白了太多东西，以至于惊讶得不知道该做出何种反应。他正在经历某种从未有过的逻辑体验，也正在为自己的傲慢付出代价。另一个何仁觉也听到了警报声，正要转过头来，画面中的每一帧都被何仁觉看在眼里。那一秒钟的时间相当漫长，何仁觉在他一生中悟出的所有真理，都不及这一秒钟的思绪来得丰富。他把右手背到身后，握住腰间露出的枪柄，用力拔了出来，但这回已不是光子手枪，而是一把老式左轮枪，前五发子弹不知道去了哪里，但那一发子弹已经足够。他并未意识到自己表情愈加狰狞，大腿不停地抖动，像两根在风中摇曳的树干，随后他看到了那张熟悉而又惊慌的面孔。

他是一个杀人犯，枪口正对着自己的眉心。

雪泥鸿爪

樊　雪

　　一九九七年的一个傍晚，江锋消失了两小时，时间
不久，远远抵不上一节冗长的英文课。他再次出现在我
面前时，落日仍在空中高悬，牢牢地吸附一些云，硬要
给它染上色彩。它们同时也吸附我，那之后许多年，我
从没有忘怀那个傍晚，最初是回忆，后来变成了滔滔不
绝的讲述。我十岁之前在那里生活，印象中是二年级，
乘法表背了一半，跟父母住在大院里。院里一共七户人
家，五户有小孩，各自为伴，也不孤单。我们还没开始
长个，因此离地更近，更擅长捡起脚边的枯树叶。后来
为建厂房，这里夷为平地，大家都搬出了大院，院子里
的那棵梧桐树轰然倒塌。目睹这一幕时，我理应坐在卡
车上，后面是一车厢的搬家行李。我翻遍了手头的几本

书，里面的树叶都不见了，好像也随着那棵树一同离去。等到我长大之后，我会发现许多事也是这样。

江锋说他学会了隐身术，我们不信。江锋又重复了一遍，我们临时改换了游戏，把跳房子改成了捉迷藏。地点就在大院对面，一片刚起手的建筑工地，地势复杂，像迷宫一样，水泥管里可以躲人。江锋要表演隐身术，不能让他扮鬼。我们其余三人猜拳，最后由我扮鬼。我面朝马路蹲下，大声数一百下。我之前的办法是从一数到十，然后重复十次。江锋说我这是作弊，同样一百个数，时间不等长。我说，都是一百下，怎么会不一样长？他说，你这种数法要快很多。其他人也同意。那天我蹲在马路旁，老老实实地数了一百个数，对着天空大声喊，几乎没有磕绊，好像证明了数学水平一样，数完后我得意地踏进工地。捉迷藏很久没有玩了，因为场地不大，能躲的地方就那么几个，已是穷途末路。我掌握了捉迷藏的技巧，要想找出人躲在哪里，先想一想自己会躲在哪里，往往可以命中。我用这个方法找到了两人，宋小斌藏在长凳底下，肖胜蹲在土坡后面。被我找到后，他们拿上书包，提前回家吃晚饭。这场捉迷藏比我想象中漫长，因为我一直没有找到江锋。

我找了十几圈，场地已经熟背。最西边是片荒地，一览无余，尽头接上天空。挨着的是块水泥地，摆着各种建筑材料，最多的是长条的铁，还有两端微曲的竹架，陶瓷红砖，一块拼一块，像个大型魔方。东边有个棚，棚里堆着好几袋水泥，还有一个大纸箱子，上面写着三个字，锚固剂，里面是一条条硕大的白色牛奶棒。凡是能躲人的地方，我已经全找了一遍，比自家客厅数得还要干净，实在不知道还有哪里可躲。我站在场地中间，叉腰休息了一会儿，抬头看了眼落日，忽然明白了什么。我跑出工地，进了大院，爬上楼顶，双手托住矮墙，踮起脚尖，用力朝着工地的方向望去。我原以为江锋躲上了棚顶，可那里并没有人。我有些失望，还有点生气，眼眶里要蹦出眼泪来，好像江锋就应该在那里等我，以此验证我们之间的默契。我在那里多站了一会儿，尝试寻找江锋的踪迹，像读课本一样，一行行地目视而去，这时我才反应过来，工地就那么一丁点大的地方，根本玩不了捉迷藏。工地后面有个大电塔，电线把天空撕裂成一块又一块，落日在最后面，像一个硕大的休止符，在五线谱上缓缓下沉。我望得过于出神，一直到脚尖酸了，我才离开那里。跑这一趟唯一的收获是，如果下次再玩捉迷藏，可以尝试躲在棚顶。

　　我站在树墩上，朝着工地大喊江锋的名字，这是认输的意思。自打我们玩捉迷藏以来，我头一回没找到人，有些丢人，不好意思喊得太大声。这时有人一下抓住我的肩膀，我吓得一激灵，猛然回头，是江锋，我说，你躲哪了？江锋说，我没有躲，我会隐身术。我说，别骗人。他说，是真的。我说，除非你当我面表演。江锋说，这不是一般的本领，得用在要紧的时候。我说，什么时候是要紧的时候？江锋说，上次给你的雨伞还在吗？我说，在我书包里。江锋说，你需要的时候，就是要紧的时候。

江　锋

　　第一次见面是在她家里，樊雪比我大两岁，高半个头。他们一家刚搬过来，住在我们家隔壁，母亲带我过去打招呼。她穿着一条碎花裙子，靠在冰箱上，头发编得很好看，两条麻花辫垂在肩上，裙子上的花朵图案像是辫子里抖搂的。她妈妈在纺织厂工作，擅长这个。母亲让我叫姐姐，我不太愿意，好像叫了这一声，日后就要被她管着。后来我知道，离开了父母的视线后，她也不像现在这样文静。

那年寒假，天气不冷，雪一直没下。父母忙着工作，没空管我。每天下午，午睡过后，父亲就去锯木厂做工，我也跑到外面玩。半个脑袋从她家窗前划过，樊雪看到了，就会跟着我跑出来。起初我们不敢走太远，就是在院子里爬爬树，跳皮筋，踢踢毽子。她是女生，我们只能玩一些安静的游戏。这些游戏我兴趣不大，为了打发时间，也只好陪她玩。在那个年纪，找人打架才是我最想做的事情。规则有两个，一是不能用腿，二是不能打脸，只能在胸腹之间抢拳，不在于力道和速度，在于内心的想象。挥拳的时候，可以和武打片里的主角融为一体，沉浸在虚拟的时刻，才是最为痛快的游戏。长大之后，我及时看穿了童年时代的幼稚，但后来那些让我体验到痛快的事情，总结起来，也不过是一些改头换面的抢拳游戏而已。

宋小斌和肖胜都回老家了，我只能和樊雪玩。那几样游戏玩腻了，樊雪就会拿出一段绸巾，把我的眼睛蒙上。眼睛蒙上后，就有新游戏可玩。樊雪喜欢蹲在树下，对我发指令，要我顺着她的引导，从院子里走到家门口。她偶尔使诈，故意让我撞上宣传栏，或者停顿很久，迟迟不说话，令我有些慌张，好像世界一下子消失了，完全忘了绸巾就在我脸上，随时可以摘去。也许是我把游戏看得重要了些，在漆黑的世界里游荡了一会儿后，耳边再响起樊雪的声音，是这个游戏最动人的瞬间，就像是被人救了一下，凡事若有回音，就不是太糟糕。

樊雪不肯出大院，后来我才知道原因。她的父亲是个邮差，大街小巷里跑，一不小心就会撞上。那年寒假，我们只出过大院一次，她跟她父亲吵了一架，决定出逃，算是反抗。他们吵架的原因我不清楚，樊雪的火气很大，扬言要跑得远一点，最后我们决定去火车站。火车站是我们小孩的叫法，实际上是个卸煤的地方，周围是片荒原，铁轨仿佛一条拉链镶在大地上，把它分隔开，我们在其中一边，离它很远，中间是城镇。樊雪要去见运煤火车，我兴趣不大，认为是一趟无聊的探险。我向她描述火车的面貌，和书本上画的不一样，车厢是黑的，和煤一个颜色，像一节节电池接壤在一起。我想让她打消主意，陪我扔纸飞机。樊雪阴着脸，说，就问你去不去吧。

我第一次走那么远的路，下午三点出发，太阳很大，到那里时已不见光影。我踩着地上的石子，说，你看吧，就是这样，没什么好玩的。樊雪没有理我，沿着铁轨往前走，黑压压的车厢投下更暗的影子，我稍微慢两步，就快要看不见她。路很长，但她乐于其中，用脚步丈量着火车的长度。她比我想象中更加冰冷，也不回头，背影是黑的。她看了看左侧的车厢，然后停下脚步，突然抬起头来，说，我想上去看看。我说，上面有什么？她说，就是不知道上面有什么，我才要上去看看。我说，上面是煤。她说，不一定是煤。我说，这是运煤火车，只能是煤。她说，你不想让我上去？我说，我怕你摔着。

　　梯子是给大人爬的，我们够不到。我蹲在地上，头用力往下伸，好把背扳直，变成一张椅子。我说，你快点，等你看完我们就回家。樊雪一只脚踏了上来，掂量了一下，另一只脚跨上来时，我手猛地一下撑地，硌到了石子，有些疼。樊雪已经站在了梯子上，她的脚比我的头还要高。我把手往裤子上一抹，说，里面有什么？樊雪转过头来，俯视着我说，什么也没有。我说，什么也没有是什么意思？她说，就是什么也没有，空的。我有些失望，觉得白给她弄了那一下。我说，你快下来吧，要回家了。樊雪没有理我，兀自站在那儿，盯着车厢里头看，晚风把她的头发吹了起来，她头顶是暗黄的天空，像过期面包的颜色。我又催促了一句，她不仅没有下来，反而又往上爬了一格，一下到了顶上，半个身子飘浮在空中。我似乎知道她要干什么了，但还没等我想明白，她就跳了下去，车厢里发出一记沉闷的声响。

这一声响把那一天标记了下来，脱凡于无数个平常的傍晚，开始变得与众不同。后来的日子里，我经历过数次绝望，逐渐明白了纵身一跃的意义，它是对抗绝望的好办法，但我只在想象中练习过，即便是长大之后，仍没有樊雪十岁时的那种魄力。我攥起拳头，一边敲着车厢，一边叫她的名字，反复地追问，你为什么要跳进去？我不知道声音往哪个方向更通畅，对着铁皮喊了一阵后，我又朝着天空喊，你为什么要跳进去？樊雪终于回应了我，她说，我没事，就是这里太黑了。我说，用来装煤的，当然黑。她说，不是黑，是灰，我的裤子已经脏了，回去我妈又要骂我。我说，你能出来吗？樊雪说，出不来，离顶太远了。

我用力跳了一下，指尖勉强够到梯子，但根本无法抓牢。落地的时候被石子崴了脚，我捏住脚踝，缓了一阵，然后开始堆石子。这里没有大的石头，估计要堆很久，我喊了一声，让樊雪在里面等我。我很有耐心，搭好一个小石堆，踮起脚尖往上站，石子一颗颗滑落，石堆一下矮了一半。我忍住疼痛，奋力往上跳，这回终于抓住了梯子，我把脚搭在车皮边缘，当作支撑，先腾出一只手，身子用力一挺，终于往上爬了一格，顺利到达了顶部。脑袋探出车厢的时候，我看到远处的荒地上有许多大吊臂，斜着插进灰暗的天空当中，仿佛要把整个平原捧进黑夜里。

樊雪靠着车厢坐着，仰起头才能望见我，她望我的目光很长。我从未在这个角度看过她——或许有过，爬树的时候，但我没有在意。这时我才发觉她这样小，好像黑色沙发上的一团毛线球。她说，你别下来，这样我们都出不去。我把手用力往下伸，说，你抓住我试试。樊雪踮起脚，她人虽比我高，但手臂并不长，总是差那儿厘米，跳也跳不上来。樊雪说，别试了，够不到。我说，那怎么办？她说，没关系，这事不怪你。我说，我回去喊你爸妈。她说，不行，这样我再也不能跟你出来玩了。我说，那我该怎么办？

我卡在车皮上，她坐在车厢里，我们沉默许久，像头顶的黑夜。那一天我终于发现，自己并不是无所不能的人，一个八岁的小男孩，要他承认这点绝非易事。我本该晚些才明白，直到玩具丢失，考试失败，或是输掉一场球赛之后，再发出那一声无能的叹息，如同童年结束的句号，接着就能在地上投出一个成人的影子。樊雪说，你跟我说说话吧，我今天没怎么理你。我说，这是你话最少的一次，跟你爸爸吵啥了？她说，我不想说这个。我说，我跟我爸也吵，没什么大不了的。她说，我睡觉的时候，就把脸埋在枕头上，不停地眨眼睛，睫毛跟枕头摩擦，可以听见眨眼的声音，刚刚靠在铁皮上，我听不见了。我说，听不见会怎么样？她说，听不见就会睡不着。我说，你要回家睡，睡这里会着凉。她说，我喜欢火车。我说，你还没坐过？她说，不一定非要坐了才喜欢。我说，那你喜欢它什么？她说，铁轨铺到哪里，它就开到哪里，铁轨没铺到的地方，它就不会去。我说，这有什么可叫人喜欢的？她说，我知道它会开到哪里，我们做不了主，司机也做不了主，乘客跟驾驶员一样平等。我说，你不害怕吗？她说，老实说有一点。我说，我下来陪你。她说，你别下来，咱们得有一人回去。我说，我想起篇课文。她说，什么课文？我说，司马光砸缸。她说，这是铁，比石头硬，你砸不坏。我说，不试试怎么知道？她说，有些事不用试也知道。我说，我不管，要么一起回去，要么都别回去。她说，可我就要在这里。我说，我爸跟我讲话，凡事都有个除非，你告诉我，除非什么。她说，除非你让这些煤变得雪白。我说，没人可以做到。她说，江锋，你下去吧，你老这样硌着，肚子疼。

樊雪提醒了我，我的盆骨开始酸疼，而且还有些冷，但眼下的事情仍旧一筹莫展。我掏了下右侧口袋，摸出一个木头陀螺，是从巷子里一个手艺人那儿买的。我抛给樊雪，说，你先玩一会儿，我去找找有没有棍子。说完后，我从上面跳了下来，膝盖跪地，差点滑倒。我拍了拍手掌，掀开衣服，腹部果然有一条印痕，镶得挺深。我抬起头的时候，觉得月亮也像是什么东西的印痕。天色已经很晚，风也有了力道，刮去地上细碎的石子。我往回走了一点，路过几个大厂房，里面没有人，也没有能用的东西。我突然意识到，我不能再往前走了，接着我开始尖叫，我很少用到大嗓门，叫得不够大声，力气使不出来。一开始喊的是"有人吗"，后来喊"救命","救命"比"有人吗"管用，我喊到了人。是一个中年男人，平头，穿着灰夹克，领子竖得很高，手上拿着饭盒。他身材魁梧，是我要找的那种人。我向他解释了事情经过，他半弯着腰，从饭盒里挑了个大骨开始啃。听完以后，他说，你朋友跳进了煤车里？我说，火车，不是煤车。他说，一个意思。我说，你肯不肯帮忙？他说，你爹妈呢？我说，你不肯帮忙，那我去找别人。他说，这儿没别人，就我一个。我说，你在这里干吗？他说，你这小子，还管起我来了？我说，你偷东西。他说，这儿什么也没有。我说，什么也没有你来这里？他说，火车卸煤，你看过没？我说，没有。他说，有个叫翻车机的东西，一个半圆状的大爪子，钩住车厢，就那么一转，煤就全倒了出来，特有意思，我每天都来看。我说，那不全是灰？他说，我跟你一个小孩说这些干吗？带路吧。

我带着他走到火车跟前时，突然忘记了樊雪在哪一节车厢，脑袋像被什么东西捂住了，我一下紧张了。男人说，你喊啊。他提醒了我，但就在那一瞬间，我连樊雪的名字也忘了。这个每天跟我玩在一块，扎着两条麻花辫，穿碎花裙子的女孩，我突然忘了她的名字。我只好对着天空喊，喂！你在哪里？没有人应我。走到一半，男人离开了，他说，我没有工夫陪你玩。可是当他离开的时候，我又想起樊雪的名字了。但我无法再喊她的名字，因为火车开动了，我听到了石头被碾碎的声音，风沙埋进我的眼睛里。我躲在它的阴影下，并不知道如何面对一列疾驰的火车，我以为它会永远躺在这里，就像一副巨龙的骨架。但我已无法抓住它的尾巴，一个糟糕的火车头，拽着一节又一节钢筋铁骨，一头扎进遥远的夜色当中。我知道自己追不上了，我停下脚步，晚风扑面，整个世界都变得空旷了起来。

樊　雪

我跟着父亲送过一次信。那一天我放学，在校门口碰见了他。他把我拎起来，放在自行车前面的横梁上，骑了三公里路，去给杨桥村的老杨送信。老杨是个孤寡老头，老伴去世，儿子在外地打工。信封里是张汇款单，他的儿子邮过来的，他每个月就靠着这笔钱过活。送完信，第二站是我家，父亲把我放下后，又蹬上自行车，一个大跨步骑到坐垫上，消失在巷子尽头。

一直以来，我都觉得木镇像个迷宫，我的父亲就在里面穿梭。我经常在上学的路上看到他，身上背着绿色的大邮包，步子迈得很急。他的衣服是绿色的，邮包是绿色的，自行车也是绿色的，好像不论什么东西碰到他，就会变成绿色。寒假的第一天，我和江锋爬上大树，沿着树干一直攀到墙外面。这个高度很危险，江锋跟我说，我们人小，摔在地上不会疼。这时父亲出现了，骑着自行车从我们下方穿过。我连忙趴下，躲到树叶里，巷子的两边是低矮的平房，他没有看见我，笔直地从巷子里驶过去。他人就像他的背影一样沉默，我趴在树枝上，心里小小地嘲笑他的迟钝。人就是这样矛盾，我害怕他看见我，更怕他一直看不见我。

　　临近过年的时候，父亲遇上了事情。从去年十一月起，老杨再没有收到过汇款单，也没有儿子的消息。每天白天，他站在门口守望，我父亲路过的时候，他就上前拦下，问有没有信件。后来他着急了，要翻父亲的邮包，父亲不肯，差点动起手来。父亲没有办法，把信取出来，一封封拿给他对，翻到最后一封时，老杨把信拿近了些，伸出大拇指，不停地擦拭信上的名字，把弄了好久才还给父亲。由于出门着急，老杨拐杖也没拿，一瘸一拐地朝屋子走去。他嶙峋的身影给父亲留下了烙印，晚上他向母亲提及了此事。父亲一生不逾矩，但那一回他决定自作主张。他填了一张汇款单，给老杨送了一笔钱，汇款人写他儿子的名字。老杨不识字，除了名字外，只看得懂金额数字。第二天，他就拿着这封信去找老杨，拍着他的背，告诉他一切都会好起来。老杨拆开信封后，父亲替他跑了趟邮局，兑换成现金后交给他，老杨热泪盈眶，去超市买了三袋挂面，给父亲塞了包烟。我不知道父亲这一生做过多少善事，但那无疑是他当时最满意的一件。那段时间，他在我面前来回讲了好几遍，讲多了以后就有了说教的意味。善良不单是一种品质，也是一种能力，他反复说道。

父亲没有想到的是，两天之后，老杨就收到了他儿子的来信，信里有一堆文件，老杨看不懂。汇款单也在里面，金额巨大，比老杨这辈子挣的钱加起来都要多。老杨先将单子小心地藏起来，然后拄着拐杖跑遍全村，嘴里反复叫嚷着，我儿子挣大钱了！逢人便上去搭话，要别人猜他儿子赚了多少钱。老杨虽然语气夸张，炫起钱来毫不避讳，但平时日子清苦，老来无所依，村民们也不嫉妒。祝贺完后，又撺掇老杨摆宴庆祝，请大伙吃饭。老杨只是笑着，说，该请，该请。

礼拜天的中午，他们在村口摆了六桌。吃到最尽兴的时候，老杨从口袋里摸出那张汇款单，站到椅子上，骄傲地向众人展示。我的儿子，杨荣，十六岁就南下打工，每天去工地上推泥，五点钟就要起，苦干十几年，终于挣了大钱，更重要的是，不仅挣了钱，还孝顺老子，不像孙立民家的儿子，一走四五年，没往家里寄一分钱。老杨说完后，从椅子上迈了下来，村民们抢着要看那张汇款单，老杨怕出意外，一只手捏着，另一只手护在前面。大伙儿挤成一团，拼命往前凑，仿佛桌球台上白球对面的那一摞彩球。这时孙立民朝他喊了一句，你儿子死了。老杨收起单子，指着孙立民吼道，你骂谁呢？孙立民说，上面写的，工伤死亡赔偿金。老杨愣了一下，又把单子摊开来，交给朋友老李头，问，写什么了？老李头看了一眼，还给老杨，拍了下他的肩，没有说话。村民们已经明白了个大概，只有老杨还在追问，说，哑巴了？上面写什么了？老李头说，你儿子出事了。老杨笑了一声，说，你们就是见不得我好，心里不平衡了，我儿子好好的。孙立民说，这钱赔的是你儿子的命，所以特别多，他以前没寄过这么多吧。孙立民没说完，被旁边的人给了一肘子。老杨说，不可能，不可能的，他升了职，发财了，我儿子前两天还给我寄信、寄钱呢，不信你们问小樊。

父亲被叫到的时候，正在最末一桌喝酒，老杨招手让他过去，父亲局促地看了我一眼，把腿上的外套塞我手里，然后起身走到前面。老杨说，小樊，你告诉他们，我儿子是不是前两天还给我寄信？父亲没有说话。老杨说，你也哑巴了？父亲说，想办法联系下你儿子单位。老杨说，别跟我说这些，你就告诉他们，前两天我儿子还给我寄信。父亲说，信不是你儿子寄的。老杨说，钱是你帮我去取的，怎么现在不认了？父亲说，杨叔，对不起，信是我弄的，不是你儿子寄的。老杨听到这句话后，脸色一点点变了，中间有个过程，好像在消化吸收这句话，一个字一个字地咂摸，最后想明白了，嘴巴逐渐张大，露出他暗黄的粗牙，头往上抬，眼神一直往上升，但不和任何东西对视，然后猛地沉下来，发出一声哽咽。老杨抄起拐杖，朝父亲腹部戳了一下，拐杖末端装了三个轮子，在父亲衣服上留下三条灰印。父亲愣了一下，随后老杨被村民们拉开。那场酒席在一片狼藉中结束。往后的年月里，那场宴席经常被拿出来讨论，但上了年纪的老人已经记忆模糊，产生了分歧，他们互相争论，有人说吃的是红事宴，有人说办的是白事宴。

那件事结束后，父亲被人揣测了好久，揣测他为什么要冒写那封信，揣测他和老杨到底有什么关系，但人们从不往善意的地方揣测。那阵子他遭人抵触，村里人叫他坏消息信使，像童话故事里的恶人，拒收他送来的信件，点名要别的快递员来送。我和父亲是为这事吵的，并不是觉得他有多么不像话，人有一千种活法，他不该善良得如此笨拙。后来他开始休假，窝在家里不去上班，从旧书摊上买来一些书，每天躺在床上看，也看报纸，好像在找寻些什么。但他显然没有找到，因为他又开始喝酒，半斤白酒入肚，躺在床上不省人事。我在床边上的小方桌上写作业，我最恨他这个样子，酒气熏天，呼声震耳，我用笔去戳他的肚子。有一次他被我戳醒了，打了我一下，扇在嘴角的位置，被他的指甲刮了一道，流出了血。我掉下了眼泪，但父亲没有管我，冷冷地看了我一眼，然后躺床上继续睡觉。

这个家快垮掉了，母亲不再给我编头发，从纺织厂下班后，她就出去摆夜摊。我跟着她一起出去，坐在她边上，把作业本放在大腿上写。母亲卖的是童鞋和袜子，不想跟别人说闲话，挑了个冷清的地方，生意不好，后来她不让我跟，说光线太暗不适合写作业，其实是怕我看见她的窘迫样子。那个假期，我跟江锋跑出了大院，穿过小镇，走过一片未开垦的土地。我见到了火车，那就是我要去的地方。我想跑远一点，然后看看会发生什么，但也不知道去哪。荒原上跟大院里不一样，这里的风更有精神，从四面八方吹来，很解渴。火车没有想象中好看，黑不溜秋，简直像是从土里挖出来的。

车厢是一个没盖的箱子，我掉了下去，之所以说是掉了下去，是因为我没有心理准备。我本该和江锋一起回去的，在踩上铁轨的时候，我已经放下了许多恨意。我爬上梯子，是想看看车厢里有什么，然后就听到了火车的呼吸。那是一声明亮的震颤，但我确信只有我能体察到，我双手掐着那块铁皮，它在我的掌心之间显露无遗。这辆火车会在今晚开走，沿着铁轨一路向东。我预言了它，觉得有必要到里面去，决心还没有下定，身体已经先一步行动。双脚落地后，天空一下子暗了，车厢里很黑，比外头热一点，地上还沾着一些煤，四面是不可逾越的高墙。那个夜晚很像人这一生的经历，从一个地方跌进去，由铁轨送到一个陌生地方，再从那里出来。漫长的等待过程中，唯一能够望见的是月亮。

江锋卡在车皮上，说要下来陪我，我不想连累他。他从口袋里掏出一个陀螺给我，木头做的，捏在手里像个茶杯。男生都喜欢圆形的玩具，比如皮球和带轮子的摩托车，假如月亮够圆，或许也会望上几眼。江锋扔下陀螺后，自己也下了火车，说要找人来救我。我听见他的鞋踩在石头上的声音，越走越远，最后什么声音也没有了。我把陀螺往地上一滚，我没什么手劲，它很快停止了转动，我又滚了一圈，陀螺碰到车厢壁，弹开很远，我需要站起来才能捡到。我开始心慌，我不知道江锋是否还会回来。

我开始想一些以前的事，实际上那一年我才十岁，本不该有什么往事可想。我记起父亲说过的一句话，事情总在失去时完成。这句话不是他自己想出来的，是送信的时候，看到别人写在明信片上面的。他经常会看明信片上的话，回来就告诉我。他的新奇想法基本来源于这个，后来迷恋上看书，我怀疑也与此有关。那天晚上，我坐在运煤车厢里，脑子里反复想起这句话，事情总在失去时完成。这时火车启动了，大地深处传来一声震颤，我清醒过来，脚底下有股劲往上涌，一直涌到头顶，到底是什么东西在作祟，我开始盘问自己。江锋在外头喊我，我没有回应他。我又甩了一下陀螺，用来分散自己的注意力，它转了一圈后回到了我手里。陀螺侧边脏了，灰层铺了整整一层，我的手汗也沾在了上面。我想像它一样，周而复始地旋转，但我不喜欢被弄脏的感觉。

那次坐火车的感受，当时我没有掌握形容它的能力，一开始只觉得颠簸，还有些吵闹。发酵了一阵后，有了另外的体悟，它就像坐在一张毯子上淌过石子路，或者说得更迷人一些，好像在坚硬的波浪上航行。除此之外，那个夜晚还有一些收获，我觉得是从那一刻起，我爱上了走投无路的感觉。

江　锋

念小学三年级的时候，我们从大院里搬了出去，迁到了木镇另外一个地方。小区和大院不一样，各家各户门窗紧闭，邻里之间很少交流。父母管我管得更严，周末也不肯放我出去，旁敲侧击地想问出那晚的故事，比如问我有没有交到新朋友，想不想念大院里的生活。他们想提到的是樊雪，这很明显，也很拙劣，每到这个时候，我就把碗往桌上一摔，意思是吃饱了，然后回房间躺下，拉上窗帘，澡也不出去洗，我掌握了惩罚他们的方法。父母总是擅长把小孩培养成相反的人，他们指责我沉默内向，我会觉得自己就该成为那样的人。也许是提前到来的叛逆期，跟他们作对成了我的本能反应，不光是我的父母，我的阿姨、婶婶和舅舅，所有的大人都是这样。我从房间朝天空望去，觉得自己就像一朵云，只因受了点风力，飘到太阳面前，变成了乌云，我就成了他们眼里的坏小孩。我心想，既然身为乌云，那当然得制造一些黑暗。

八岁那年，我还不知道什么叫作遗忘，以为自己会永远记得那个夜晚，就像小时候背的古诗词，床前明月光，疑是地上霜。入睡之后，好梦各不相同，但每个噩梦都在把我领向那列火车，反复温习所有的细节。五年级的一堂美术课上，老师教我们画火车头，用白粉笔在黑板上作简笔画，诞生于工业革命的伟大机械。美术老师说，只要掌握画圆形和方形的基本功，就能画出好看的火车头。画到最后一步时，老师把粉笔横过来，涂抹出浓烟滚滚的场面，黑板坑洼不平，烟雾也稀疏迷离，粉笔摩擦的声音尖锐刺耳，我产生一阵恶心，鼻子突然无法忍受粉笔的味道。我逃出教室，在厕所一直待到放学。

念到初一上学期的最后一节体育课，举行了跳绳考试，我从小体力充沛，手脚协调，一分钟跳两百零五个，拿了班级第一。体育老师当众夸我，在我的成绩格子里打三颗五角星。体育课结束后，我没有把绳子上交，偷偷塞进了校服口袋。为了防止被发现，我把手插进上衣口袋，用力把衣服往下扯，挡住右侧裤袋的鼓包。那是一条黄色的麻绳，中间有绿色的花纹。回到家后，我把它洗了好几遍，把绳子中间的橡胶上的划痕擦干净，然后仔细地绑好，藏到枕头底下。每天早上，我都会穿上口袋肥大的工装裤，有四个口袋，我把绳子放在最大的口袋里。若是碰上没有口袋的裤子，就把绳子绑在左小腿上，绳子的一端从裤腰中伸出来。走路的时候，只要轻轻一拽，左腿肌肉就会有勒紧的感觉，这种感觉很美好，不会再害怕掉进陷阱里，只要还有绳子，我可以从任何地方爬出来。

这个事情我没有告诉别人，里面藏着见不得人的脆弱，我更无力面对它。把绳子放进口袋的时候，我需要想些别的东西，假装这是件很自然的事情，假装全世界的小孩都会在口袋里塞一条绳子。

上大学是我第一次真正意义上离开木镇，也是我第一次坐火车。父亲要陪我去报到，我说不用，我一个人就行。但他还是和我上了火车。订票的前一天晚上，他走进我的房间，问我要不要买机票，若是不想坐火车，买汽车票也行。他眼神飘忽，嘴角轻轻上挑，装作轻松的样子在我看来有些刻意。那一整个夜晚我都在咀嚼他的话，琢磨自己是从何时开始暴露的，后背频频冒汗。他们只需看到我日记本的一角，就推演出整页的内容，这是做父母的天生本领。我的怯弱早已无所遁形，毫无遮拦地暴露在他们面前。

坐上火车以后，我没有急着上卧铺，我在车厢外的过道里站了一会儿，看着窗户外，大地把山峦拿去，给我递上树林，又把树林拿去，给我递上平原。我摸了摸裤子口袋，确认那里仍然鼓起。车程十二个小时，父亲睡在我的下铺，入睡很快，上车不到一小时，已经有轻微的鼾声。我把绳子塞到枕头底下，平躺在床上。一直以来，我都把火车想象成一个黑暗的监狱，我无法相信一个交通工具上会有房间、厕所和床，它一定是从什么东西衍生而来，就像面包和牛肉能组成汉堡一样。取下一排牢狱，在下面装上轮子，再在轮子下面铺上铁轨，我想这就是火车的由来。但我并不害怕它，只要转动一下脑袋，便能够清晰地感受到绳子的轮廓，像枕头里装着个马达，它使我的心思能够逃脱出去。

第二天早上，父亲叫醒昏睡的我，他的声音和广播女声几乎重合到了一起，车到站了，停靠时间只剩下不到一分钟。我立刻穿上鞋，背上行李，慌忙地挤过人群。父亲艰难地跟在我身后，拼命想抓住我背包上的带子。我穿过车门，猛烈的光线从我眼里透过，我重新睁开眼睛，看见两只麻雀从站台牌子上扑腾起飞。我突然感到一阵惊慌，回过头时发现父亲已站在身后，车门在他后面缓缓合上。

往后许多年，我常常想起那根被遗留的绳子，它的旅程比我更加遥远。我想象它被小孩捡到，拿去当了玩具。或是被农民工捡到，用来把散乱的行囊捆到一起。因为我过于珍视它，更容易幻想它有不一样的命运，但现实往往比想象枯燥得多，它可能只是被乘务员收走，扔到垃圾桶里，或是放在柜子里直到发霉。没有人会像我一样对待它，为此我忧愁了一阵子，并且十分怀疑，我是否可以真正离开它，然后独自前行，就像来到没有栏杆的桥面上，总觉得深渊近在咫尺。幸运的是，从失去绳子的那时起，八岁之前的所有记忆，我逐渐把它们和梦境搞混了。

樊　雪

就在江锋一家离开不久，我们家也搬离了大院。临走前的一个夏夜，父亲找老杨抽过一次烟，拿着蒲扇坐在墙沿边，天气热得不像是在夜晚。两个人把彼此的痛苦拿出来摩擦，父亲以为可以得到真诚的慰藉，但聊天结束时，老杨还是说了一句他不爱听的话。老杨说，现在我们俩一样了。这句话父亲记了很久，两年过后，我妹妹樊双出生。父亲抱上她，单手骑车穿过大半个镇子，踏进杨桥村，找到了正在院子里打家具的老杨。父亲掀起怀中围布，一个女婴的哭啼声响彻屋檐，父亲对老杨说，我们还是不太一样。

刚搬到新家的时候，父亲辞了职，整日在家中读报消磨时光。后来小区里闹了几起失窃案，居委会推举他当保安，因为只有他一人闲散无事。父亲没有推辞，把读报的场所换到了阳台上，我家住在二楼，阳台面对着小区大门，他可以看到所有进出的人员。他的工资是由街坊邻居筹起来的，但若有失窃案发生，邻居们就会拒付那个月的安保费。一直到我妹妹五岁的时候，父亲才换了份正经工作，当公交车司机，开城际专线，交五险一金。

樊双并不知道我的存在。随着时光流逝，我的隐身术到了无人察觉的地步，而且越是无人察觉，我就越能洞悉他人的情绪。只有两次露出了破绽，第一次是妹妹上一年级的时候，语文老师布置了一项作业，要求大家介绍自己名字的来历。樊双向母亲问起此事时，母亲措手不及，茫然地看向父亲，父亲当即扯了个谎，声称双字意为两个人。樊双问第二人是谁，父亲愣住了，没有往下接。樊双说，双就是指爸爸和妈妈吧。父亲松了口气，说，双双真聪明。

第二次是她十岁的时候，三年级刚开学，班主任是我曾经的老师，看见她时说，樊双跟姐姐长得一模一样。这句话扎进了她的耳朵里，那些被遗漏的细节逐渐有了轮廓。她总是怀疑房间里有另一个人的气息，而且无论有什么需要的东西，父母都早已做好了准备，就连学校发的带校徽的本子，家中的抽屉里也藏了好几套。那一天她终于和父母谈起了我这个姐姐，这一次父亲无处可躲，脸上闪过片刻的狰狞。进行那场对话的时候，樊双身上正穿着我的碎花裙、我的小红鞋和长筒袜，不论是她还是我，都有被戏弄的悲愤，仿佛游鱼跳出海面，终于意识到水为何物。母亲不动声色地向她介绍我，一个未曾谋面的姐姐，走失在一九九七年某个冬日的夜晚。樊双问，那她还会回来吗？母亲沉默不语，抚过她的脸颊，轻轻解开她的麻花辫。

那时我就明白，我到了该走的时候了，但我并不准备离开木镇。这是个让我伤心的难题，如果以那个夜晚为起点，实际上我已经走远了，人终究得依附时间的轮轴，才能留下一些印记。当我叹息的时候，我又开始怀疑，那一声小小的哀愁，到底是留在了时间的一秒格子里，还是落到了物理空间中，泛起一尺即逝的波纹。我就这样等待了许多年，像树一样坚韧，结出绝望的果实，一度无法确定自己的岁数。我的年轮藏在我自己的身体里，但我并不能把它数清楚。唯一能够确定的是，盼望一个人归来，并不像告别那样简单。

江　锋

如果不是因为坐火车，我不会想起小时候的事情。我离开木镇二十多年了，童年是一个过于陌生的词汇。我站在火车过道里，镜子里的我，穿着正装和皮鞋，公文包里塞着乙方寄来的两份合同，因为过于重要，上厕所时我都会带着它。我过上了一种相对谨慎的生活。毕业后的十年来，几乎是无意识地活着，生活很少为难我，就像小时候父母教我过马路一样，只要看准红绿灯，拥入人群，不太会出差错。就连下雨的时候，也总能从包里翻出一把雨伞。大学四年是去南方念的，城市多山，森林茂盛，每天早起上课时，常能看到松鼠顺着电线爬行。毕业后我常常想起它们，同学会也有，但他们并不能想起我。我早早就成了一个单独的人，见人礼貌，话不少说，酒杯拿得起放得下，走到台前也不怯场，但依旧不擅长与人为伍。

二十三岁那年，我到北京工作，做项目分析师。房子租在一个老小区里，二十世纪九十年代建的，楼道里印满了管道疏通的广告，五颜六色，像是给墙打的补丁，号码早已拨不通。妻子是在这时认识的，她住在我楼下。有一晚我在书房听音乐，听到人的声音，不知道从何处传来。她说，你放的是什么曲子？我说，你是谁？她沉默一阵，好像不知道怎么介绍自己，然后说，我住你楼下，每天晚上都听到你放音乐。我住在四楼，夏天有蚊子，我在窗外贴了一层纱窗，声音是从窗外传来的，我靠近窗户，把脸靠上去，纱窗网住我的脸，变成一张面具。我说，是不是打扰你睡觉了？她说，我之前拿拖把戳天花板，你根本没有听见。我把音乐关掉，说，抱歉，以后我会开小声点。她说，听了几天，现在觉得蛮好，但总是重复放那几首，我有点腻。我说，很久没有去唱片店了。她说，你是搞音乐的？我说，差得很远，就是一企业职员。她说，你放的是什么曲子？我说，勃拉姆斯的圆舞曲。她说，有些熟悉，就是隔着层楼我听不太清楚。

后来，我们经常晚上透过窗户聊天，纱窗像话筒上的网格，靠近它就有要讲话的冲动。杨韵是个专栏作家，写情感故事，这类职业我不甚了解，中学时期我拿过校作文比赛二等奖，此后再与文字无缘，书店偶尔会去，但基本只买职业相关的书籍。我在窗前和她讲音乐，她跟我聊文学，通常是她讲，我听。其间她会问，我讲的是不是特没意思？我说，没有，我特别爱听故事，小时候在厕所读《故事会》，文章不看完绝不起身。她说她最近在写一个小说，要我晚上放点音乐。我说，你要不要上来听？

那是我第一次给她开门，此后数年，我给她开过无数次门，她都如初见那样站在门外，这就是她最好看的样子，从容不迫，优雅地平视前方，站在对面的人也因此有了期待。当晚她刚洗完澡，鬓角处还有些水渍，扎了个马尾辫。除了厚重的近视眼镜片外，我再找不出作家该有的特征，没有紧锁眉头，也不苦大仇深，倒像是一个旅行社导游。我打开音响，她在我的书桌上摊开笔记本电脑，写了一会儿后，我们闲聊了几句。她问我故乡是哪里的，我笑了一声，说，故乡这个词我不太用，我习惯说老家，我老家离这很远，八百多公里。她说，写东西习惯了，讲话不太接地气。我没有说具体城市，直接跟她提了木镇，属于进城还没习惯的表现。正当我要补充时，她说，木镇我知道的，离我家不远，听你口音我就感觉是老乡。说完后，我们都觉得太巧了，缘分到了这个份上，好像指使着我们要多发生点事情。但那晚我没敢说太多话,她问一句我就回答一句。她问我木镇有什么,我告诉她木镇有火车。她说,这就是最打动你的东西?我说,木镇有火车,所以木镇的孩子们跑得很远。她说,可我记得那是运煤火车。我说,运煤的火车可以运人,运人的火车也可以运煤。她说,你说绕口令呢?我笑着摇摇头。她说,我不了解火车,但我想起一个作家写过的一句话,火车就像一间厨房拖着一个村庄,即便到了现在,这都是我听过的最好的比喻句。我说,你能不能借我点书看看,以后你讲这些,我也能接两句。杨韵不说话,也不点头,就坐在椅子上咯咯地嘲笑我,好像我是个笨拙的学生。为了表示反抗,我把音量慢慢调大,用来掩盖她那轻蔑的笑声。

一直到我们要结婚的时候,我都在为此担忧,她是个搞写作的,能想到的东西比我多,我该如何才能像她一样敏锐?结婚前的那天晚上,我们待在老家的房间里。她说,你看见天上的星星了吗?我说,看见了。她说,我根本还没说是哪颗。我说,不论是哪颗,我都看见了。她说,指认天上的星星是最难的事,我永远无法说清楚方位,告诉你到底是哪颗,但我相信我们说的是同一颗,你相信吗?我说,我相信。然后她脱下眼镜,把脸凑到我面前十厘米的距离，她问我，如果有一天离她而去，那和之前认识的那些男人又有什么不同。我说，也许没什么不同。她说，我为什么会选择你？我说，你总得选一个，杨韵，我喜欢你，我觉得这就够了。她说，我想要的还是多了些。我说，人只有一张嘴巴，打喷嚏还是打哈欠，一次只能选一样。她说，你不会离开我，对不对？我说，我也许会消失，但不会离开。她说，这两者有什么区别？我说，我会隐身术，小时候学的。她说，你展示给我看。我说，要是我消失了，你别当我跑了，我只是隐身了，我会把自己变回来。

婚后第二年，杨韵意外怀了孕，我们都没做好准备。医院回来后，她多了些想法，感到自己不再年轻，心里有些焦虑。她跟我讲述她月经初潮的时候，一个人躲在房间角落，怀疑自己得了某种怪病，现在也是这种感觉。但她不会再像小时候那样，心里默默忏悔，细数过往犯下的错误，以为这样可以止血。她说，我们是该要一个女儿了。我说，儿子不行吗？她说，女儿更好，我能应付得来。我说，你喜欢就好。她说，我们需要准备些什么？我说，要更多的钱，也要有更多时间。她点了点头，样子有些迷茫，好像一下掉进了另一种人生。

　　我想是在那个时候，我们失去了对生活的把控。杨韵说要在孩子出生前把书稿写完，然后好好带孩子，这是她的计划。从那以后，肚子里的胎儿成了天然的催稿信，她一天比一天焦虑，待在书房的时间越来越长，但无法再饮酒、抽烟和喝咖啡，只能依靠音乐获得少量灵感。那段时间她听得最多的是贝多芬，据说对胎儿也有好处。时间一长，连讲话的声调都有种曲子的顿挫。我因为这事取笑她，她说艺术家更容易受艺术熏陶，俗人则相反。讲起这些玩笑话时，我们并没有觉得被生活折磨。实际上日子已经清苦了起来，我开始频繁地出差，写更多项目计划书，为的是季度考核时能多拿一些奖金。我和她在一起的时间越来越少，但她并无怨言，好像永远不会从书稿里走出来。我把做好的晚饭放在书房门口，然后出门，去赶夜里的火车，在车厢里睡一整晚，就不会觉得时间有所浪费。

　　那段时间我有些疲惫，仿佛触摸到了人生的边界，生活进入了庸常的重复当中，产生这样的倦怠或许为时尚早，但我无法忽视它的到来。那是一个冬天的早上，我在火车上醒来，顺着晨光朝窗外望去，我见到了久违的东西。在远处一条相邻的铁轨上，躺着一列运煤火车，黑色车厢，上头没有盖，从我眼前快速闪过。当我晃过神来的时候，火车早已开出数十公里的距离，我的记忆开始疯狂生长，一下涌入了太多画面，以至于根本无法言说，脑中的我拿起一个篮子，慌忙地去接下那些碎片。我想起了那个女孩的名字，樊雪，我很多年没有想起她了，真是不可思议。说起年龄，她还比我大两岁，不知道成家没有。搬出木镇那个大院后，我再没有见过她，脑海里想到她的次数也屈指可数，形象几乎是杜撰出来的，她早就不是十岁时的模样，也不该老是扎麻花辫和穿碎花裙。就在我坐在火车窗口凝望的时候，我无比怀念她，就像怀念过去的战友一样，我想知道时代把她变成了什么样。离开木镇后，我再没有和别人有过那样的交集，世界已经变得陌生、残酷和野蛮，大院里的我们从未想过能到今天这个地步，一九九七年的每个傍晚，我们在意的是谁的陀螺能转更久。而到如今，假如从口袋里掏出一把上个世纪的枪，我会怀疑它能否杀死这个世纪的人。

我对杨韵说，跟我回木镇吧。我敲门进她的书房，她身上盖着毛毯，手上拿着热牛奶，疑虑地看着我，说，不是说好了吗？等中秋节就回去。我说，不是的，我说的是离开北京，回木镇生活。她说，那你的工作怎么办？我说，我可以向公司申请，调到老家的分部。她问我原因，我解释了很多，其中有一半实话，另一半只是为了说服她。最要紧的话我没有说，我想即便是她，恐怕也无法理解，我回木镇是为了去见童年的火车，这有点超乎她小说中的情节。她对我的解释并不满意，一直都在摇头，但对一句无关紧要的话十分在意。我说，孩子应该在木镇出生。她想了一下，确切地说，是郑重地考虑了一番，然后说，那你先给公司打申请。

申请在一个月后批了下来，我们回到木镇，租了一间靠近湖的房子，最大的房间留给她当书房。日子和在北京时没什么不同，我也还是经常出差，她也仍旧闭在书房，但生活有了些似有若无的变化。我经常想起火车倒煤的场景，这场景我并没有见过，画面却格外清晰，有时梦里竟也遇到，一个巨大的爪子，抓起火车车厢，将它整个翻转，从中倾倒出黑色的煤炭。杨韵怀孕八个多月的一天晚上，我对她说，我要出去一趟。她问我去哪，我说我要去外边回忆一下。那个词就这么从我嘴里跳了出来，回忆，多像作家们擅用的词汇。杨韵没说什么，只是让我早点回来。

像二十多年前那样，我穿过那些低矮的灰色屋瓦，穿过空荡无人的大型车间，穿过寂静的胡同和早已抽干的溪流，和小时候的自己撵进一个影子里。我来到了郊外，这里几乎没有变化，仍旧带着衰败之气，汽车不会经过，路灯也照不到这里，犹如一个地图之外的地方。时间就在这条道上逆行，而我也终于见到了它们。我不仅看到了它们，我确信它们也看到了我，那是我们之间的对望。这么多年过去，我依然能想起小时候的比喻，火车就像一副巨龙的骨架。它比当年更加老旧，身上全是灰，还有一些难以看懂的涂鸦，一块接一块的大斑纹，不知道是铁锈还是脏东西。

铁轨是两条永不相交的平行线，我沿着它走了一段，因为我想回去，所以最好的办法是逆行。我听见石子的声音，好像有什么东西在爆裂。路越走越黑了，空气也是幽暗的，渗透不进半点光线。我想象自己进入了另一个宇宙空间，它们唤起我最深处的记忆，枕木如同时钟上的格子，每走一格，时间就往回退一秒，这是一个由铁路围成的时钟。最后，我进入了一个巨大的厂房内部，这个地方我在小时候不曾涉足，我看到了那些机器，巨大的爪子把车厢悬起，然后翻身，将煤炭倒出来。我有理由相信，我已经回到了一九九七年的那个晚上。

后来我几乎每天都会出去散步，寻找某个失去已久的回忆。两个月后的一个夜晚，我像往常一样出门。那是临近新年的冬天，木镇上的人都在讨论天气，据说晚上会下一场百年难遇的大雪，积雪将厚到能将脚踝淹没。我对这种说法保持怀疑，在木镇生活的那些年，我从没见过雪。即使偶尔落雪，也是混杂在雨水里，落到手掌上就融化了，根本不成气候。我记得有一年服装厂发生爆炸，原本塞在羽绒服的鹅毛飞了出来，漫天的鹅毛绒飘在小镇上空，我们都以为那是下雪的样子。

我还是去看火车卸煤，那天出门有些早，晚饭没有吃。路过快餐店的时候，我打了一份盒饭，然后才朝郊外走去。夜已经深了，天还没有完全暗，一个男孩在铁轨上玩耍，七八岁的年纪，似乎在呼喊着什么，我没有听清。随后他看见了我，疯一样地朝我跑来，蹲到我的面前，大口喘气，嘴里有话要讲。我弯下腰，听他叙述，歇了一会儿才把话讲明白，他的朋友跳进了火车里，他个头小，上不去，需要有人帮忙拉出来，问我肯不肯帮忙。他眼睛里满是恳切，并且也是真的着急，不像恶作剧。可我仍有些疑惑，在这儿遇到别人，这件事就让我不解。我来这里两个月了，从未遇见过人，这是地图之外的地方，一块虚无之地，没有人可以涉足。我在心里默默地嘀咕着。但我还是对他说，带路吧。

他在前面跑，我跟在他后面，他领着我走过一节节车厢，到了一半，他跟我说，他忘记朋友在哪一节了。我提醒他可以呼喊，男孩没有理我，而是涨红了脸，头发都湿透了，不知道是紧张还是什么。就在这时，我的手机响了，是杨韵打来的电话，只说了短短的四个字，我要生了，然后就传来了忙音。我愣了一会儿，似乎是被电了一下，脑子里闪过好多事情。得生女孩，我想，衣服买好了几件，都是偏女婴款式的，而且名字也想好了。如果生男孩，还要重新取名，我面前就有个男孩，他会叫什么名字呢？两个字方便，三个字不易重名。

这时男孩回头望了我一眼，意思是让我跟上，我摇了摇头，说了一句我有些熟悉的话。我说，我没有工夫陪你玩。

樊　雪

　　我再遇见江锋的时候他已经有些老了，或者说过于成熟了，我不太会用成熟这个词，我宁愿说他老了，有些人三十岁长得还像十八岁一样，但他并不是。那个夜晚过后，我被困在了木镇，永远无法离开。我并不责怪江锋，我不会怪任何人，那是我的选择。我从小就喜欢待在狭窄的空间里。六岁起，我就不再和爸妈睡，我有单独的卧室，黑暗让我更加自由。我把房门锁上，窗户锁上，把房间想象成一个保险箱，把我自己想象成一沓钞票。当然也可以是别的什么东西，比如一把手枪，但我体内没有子弹，所以也毫无用途，没人会把空枪锁在保险箱内，这样的幻想不合情理。因此更多的时刻，我还是把自己想象成钞票，也就是钱，父母总是为了这个奔波，也为这个吵架。我把我自己变成钱后，心里就会产生莫大的幸福感，好像一切烦恼都解决了。

　　我也把家里的坐垫收集起来，用它们搭成一个罩子，这需要一点技巧，主要是掌握重心。沙发上的坐垫是折叠的，这为我减少了一点困难。我就待在搭好的罩子内部，想象自己跌入峡谷当中，正在等待救援。我盘腿坐在里面，傍晚的阳光穿过幽暗的悬崖，顺着缝隙倾泻进来，照到我的身上。父母下班后，就会一把抓开坐垫，把我从里面拎出来。他们会骂我顽皮，并让我把坐垫归位，但我并不在意，而是沉浸在被拯救的喜悦当中。

因此当我掉进火车厢后，我也没有惊慌，直到后来才有些怀疑，怀疑它不是一个能让我感到幸福的盒子。而我说出的每句话也是真心的，如果煤炭能变得雪白，我会跟着江锋一起回家。方法我已经想过了，我的口袋里有一把剪刀，它本来另有他用，但我可以用它将辫子剪断，再把辫子结成绳子。我不知道它能否承受我的重量，应当是可以的，它是我的头发，我有理由相信它。如果还不够，我可以站到陀螺上，它能给予我七八厘米的高度。

那天我让他不要下来，其实是假话。他去找大人帮忙时，我想象他已经隐身，就坐在我的对面，让我有勇气面对眼下的黑暗，穿过幽暗的隧道，抵达人生的下一站。因此当他回来喊我时，我不愿回应他，甚至有点记恨他，他破坏了我的想象，他本就应该在车里的，怎么会跑到了车外边？他回来呼喊我的时候，我也没有应答他。那个晚上不该有别人，应该只有我们俩，就像解一道奥数题，与其求教于人，不如多琢磨一会儿，要是能够解开，我会很高兴。他是个特别的男孩，随着时间推移，我越来越这么觉得。隐身术的秘密我至今无法解开，他在我面前表演过两次，一次是捉迷藏，另一次是在大院里，大门全都合上了，犹如一间密室，在我闭上眼的几秒钟里，他一下消失了，让我找了整整一个下午，我绝望到想去敲开墙壁，最后他从树后面走了出来，放肆地对着我笑。那次表演他尤为满意，并且坚定地告诉我，他掌握了隐身的本领，那些我看不见他的时刻，他也会在我边上。

我在木镇等了二十多年，他终于回到了这里，或者说，走出了隐身的状态。他到了而立之年，站在铁轨中央，像是从什么地方远道而来。有时候穿得很正式，黑色西装外套配白色衬衣，脖子上套灰色围巾，像城市白领。有时候又有些疲惫，低着头踱步，也许站在铁轨上的人都会显得有些落魄。他就站在我们分别的地方，他在那里思索，我还是怀念小时候的他，那个皮肤黝黑、精力旺盛的男孩，我想和他走出木镇，去坐真正的火车。

木 镇

江锋这一生都在练习如何走出那个夜晚，它像一个无法解开的绳结，诱使人不停地上去对垒，不停地犯错和纠正，最后发现自己已缠进其中。那是木镇的第一列火车，线路是在一九八五年铺的，总长八十公里，一去一回四条铁轨，宽度十米上下。木镇是其中一站，周边没法再开发住宅，因此划为了工业用地，电厂和钢厂林立而起。一九九七年的一个夜晚，他们第一次见到了火车，江锋觉察到了樊雪的异样，但他没有询问。那年他只有八岁，已经养成了沉默的习惯，容易信任别人，但并不缺乏冒险精神，这一习惯能够有效减少世间的纷争，也能挽救他的性命。

樊雪跳进那列火车后，她的年龄永远停留在了十岁，那晚的火车载走了她，江锋对此无能为力，只能目送她离开，去一个没人熟悉的地方。正因为没人熟悉，他可以把它想象成任何地方，例如宇宙尽头的某个边陲小镇。往后许多年，他就在这种想象中寻找慰藉。在他认识未来妻子的那个晚上，他听到了绝妙的比喻，火车就像一间厨房拖着一个村庄，这句话触动了他，尽管他并不赞同，他认为火车更像是厨房拖着锅碗瓢盆，车厢更像是容器而非房屋。

当天晚上，江锋回到家中，没有及时跟父母开口。一直到樊雪的父母找上门来，他才交代了实情，大人们听完后慌张不已，发动了整个大院出去寻找。江锋被父母狠批了一顿，并且预料到父亲回来后还会继续惩罚他，当晚没有出门，赌气地待在房里，一边流泪一边摔东西，后悔没有和樊雪一起跳上火车。第二天早上，母亲的声音将他吵醒，她低沉地说了一句，出事了。那时他年纪还小，不知道这三个字的分量，大到可以涵盖这世上所有的悲剧。那一度成为木镇最轰动的一桩新闻。当运煤火车回到木镇时，从车厢里倒出的不只煤炭，还有一具女孩的尸体，没有人知道她为什么会在里面。大人们疯狂地盘问江锋，但这个世上唯一知道真相的人，已经决定不再说话。

他被樊雪拦住了，无论如何也无法走出童年。对于这件事的感受每晚都不相同，有时痛恨自己的无能，有时也为死里逃生感到后怕，哪怕再多想两秒钟，自己也有可能跳进车厢里。一直到他十八岁那年，他才提醒自己可以练习遗忘。他见过很多心理医生，也拜访过一些江湖郎中，有用的办法是在手腕上戴一条皮筋，每想一次就抽打一下。后来他一度用上了催眠术，把自己的大脑搞得一团糟。经常在睡梦中进入一间血红的暗室，在里面无止境地旋转，不停地飘浮和被打落，万有引力已难以惠及此地。

记忆是从那时开始出现差错的，但有一件事没有遗忘，他记得小时候玩捉迷藏，自己会精心做好前期准备。比如躲进放锚固剂的纸箱内，再在后背上摆上一排锚固剂，这样别人打开纸箱也不会发现。比如从锯木厂偷出一大张树皮，围着大院的树贴起来，他就夹在它们中间，没人可以找到。他不知道为什么自己如此热衷于捉迷藏，甚至骄傲地向朋友宣称自己掌握了隐身术，但他不太能记起朋友是谁。

一切都可归结于命运使然。二十多年后江锋再度回到了木镇，此时他已成家立业，不再是当年那个寡言的男孩。一个冬天的早上，他爬上木镇对面的小山丘，昨晚他的女儿刚刚出生，取名为江雪，含义不明，也许是因为昨晚下了一整夜的雪。这是木镇有史以来最大的雪，比当年那起爆炸中的鹅毛飞絮还要壮观，一觉醒来，大雪已经将大地紧紧裹住，所有的行动都将留下痕迹。

江锋登上的山丘实际上是个公墓，木镇的人都葬在此地。墓碑已经被积雪覆盖，像一块结实的冰棍，他看不清碑上的字，但确定已经见到了想见的人。樊雪站在他边上，手里捧着一束花，比以往更加亲近。她比他大两岁，样貌却年轻很多，仿佛未经世事打磨，仍保留着童年的天真与烂漫。他们站在山丘上，雪白的木镇落在他们脚下，房屋只露出一点点，像一面倒塌的白色墙壁，划开了几条口子，瓦砾从里面掉了出来。积雪消散的地方，如同一根树枝铺开了道路，拼命向更远处延展，河流与陆地的界线变得更加清晰，它们彼此映衬，水面像雪地衍生出来的一块梦境。

樊雪说，我想成为一列火车。江锋说，我觉得火车很可怜，它只有一条路可以走。樊雪说，那你呢？你有很多路可以选吗？江锋说，我能转弯，也能掉头。樊雪说，你会迷路，至少它永远不会迷路。江锋没再说什么。他摘下手套，从大衣内袋掏出烟和打火机，点燃以后交到嘴里，吐出的烟雾在冬日清晨显得格外浓厚，随后他听见了一阵轰鸣声。

他向前走了几步，来到崖边，先是望见了一阵浓烟，一个火车头正在慢慢驶出隧道，身后拖着一节又一节车厢，雪是从冬天身上落下的尘埃，每个车厢里都盛满了雪白的煤炭，晶莹光亮，玲珑剔透，像一串珠子在项链上滑过去。这是他一生都难以忘怀的画面，火车就这样开着，不疾不徐地爬过每一根枕木，从两条白色的平行线上碾过去，直至消失在荒原的尽头。

江锋朝背后看了一眼，樊雪消失了，雪地上只有他留下的两行脚印，像道路一样清晰。他没再喊什么，一阵狂风灌进他的耳朵，江锋打了个哆嗦，睁开眼睛时，他听到一句话：死亡才是真正的隐身术。

大象无形

和往常一样，父亲拿出一根蜡烛，点燃以后，交到她手里。这只手掌，现在的年龄是十岁，刚好握下一根蜡烛，比橡皮泥光滑，比水彩笔温润。假以时日，这只手掌会触摸到这世上一切别致风物，经历无数寒冬酷暑，会流出鲜血，也会愈合如初。但是在那个晚上，父亲只要求她握好手里这支蜡烛，若是无聊，就吹一吹火焰，用嘴边的气，别用肚子里的气，否则火焰会熄灭。这火不能熄灭，得等父亲从房间里出来，亲口将它吹灭，这是胜利的仪式。父亲在蜡烛上画下一个刻度，说，最多烧到这，爸就来了。在李襄颖的印象中，父亲从未食言，只提前，不迟到。而那些从房间里出来的陌生人，个个垂头丧气，愤恨不平。她打小就明白一个道理，父亲是战无不胜的。但母亲却总嗤之以鼻，说，再厉害，也就是个下棋的。

李襄颖是我的同学，我俩做了十二年的同窗。她第一次引起我注意是在小学四年级的课堂上，教室的窗外出现了两张老人的脸，把所有人吓了一跳。那时她的父母开始闹离婚，她成了两家人争夺的对象，外婆外公也出马了。她被叫出教室，回来时脸已经红了，眼泪汪汪，脖子上挂着的润唇膏，随着她的每一次啜泣上下跳动。全班同学目视着她走向座位，这时老师吼道，看书！大家低头看书。李襄颖坐到座位上，把课本随便翻开一页，用揉红的眼睛注视着书上的字体，但是以后的生活应该跟谁一起过，书上没有讲。

父亲把家里的车开走了。她第一次觉得，父亲是个坏人，从此，她只能坐公交上下学。每天往兜里塞四个硬币，裤子叮当响，上体育课前还要拿出来藏笔袋里。有一次硬币被人偷走了，放学后她只好走回家，走了一个多小时，一边走一边骂，除了骂小偷外，也恨父亲。她与父亲见面的次数越来越少，倒数第二次在家里见到他时，他正从母亲怀里抢一个纸袋子，母亲哭丧着嘶吼，这钱不能拿，要留给女儿上辅导班用。母亲把那笔钱守了下来，父亲走后还死死地护在胸口不放，好像随时会被抢走一样。

母亲把家里的全家福收了起来，只留下自己和女儿的照片。家里来客人，只要一见到墙上挂着的照片，就知道这家少了个人。但李襄颖觉得没什么大不了的，就算班上同学都在议论她，也没什么大不了，等小学毕业，大家就不会相见。就像她不可避免地会淡忘父亲一样，这些同学也会把她整个忘了。那时她坐在教室最末几排，而我坐在前面，相当于一条对角线，这个距离让我可以安全地和前后桌议论她。早熟的男孩已经有了看法，离婚家庭出来的小孩，长大了会变成坏人。我嘟囔了一句，她不会成为坏人。然后上课铃就响了。我之所以这么说，是因为她发作业本时，每次都平整地放到我桌上，不像别的学生，总是把本子飞来飞去。

小升初的时候，我们考到同一所中学，又同班三年。那时她已经发育得很好，男生跟她讲话，不敢直视她的眼睛。班里最好看的男生开始追求她，每天骑自行车送她回家，生日的时候给她送蛋糕，吃到一半，里面还有张小卡片，写着蹩脚的情话。她也因此受到女生的排挤，除了应付难解的试题外，还要面对复杂的人际关系。她不讨厌那个男生，有时候想，既然都到这份上了，不如跟他谈恋爱得了。这时她脑海里浮现出母亲的身影，庄严肃穆地坐在家里木雕花纹最多的那把椅子上，跷着二郎腿，一只手搭在另一只手上。每当她犯了错事，母亲就会摆出这副架势，让李襄颖在自己面前承认错误。家教森严，绝不允许她早恋。初二的某个晚上，开完家长会，回到家母亲把她逼到墙角，双手握住她的肩，质问谁是她在这世上最爱的人。李襄颖吓了一跳，沉默了一会儿说，书上讲，先爱己，才能爱人。母亲说，别贫，你知道我不是问这个。她说，你不就是想让我说你吗？母亲说，小时候你第一次喊妈，不是朝我喊的，那时我就觉得，我们将来不会很亲。她说，你不要这么敏感。母亲说，我当妈是不是很失败？她说，我不知道，反正你做妻子不算成功。

那一晚她成功搪塞了过去，但是失眠了，她意识到母亲也不像表面那样坚强。很长一段时间以来，她反复想起这个场景，好像母亲不是在问她最爱的人，而是在诉说，我这一辈子，就只能为你活了吗？母亲在体制里工作，待遇好，但朋友不多。一到放假，除了偶尔的饭局外，就是在家打扫卫生，地上不能有一粒灰尘，床单也不许有一丝褶皱，好像把屋子清理干净，生活也能跟着清晰起来。周末上完补习班回家，李襄颖打开门，就会看到母亲正在用胶带粘去地上的毛发，粘去蚊虫的尸体和蚂蚁的足迹，西西弗斯在推石头，母亲永远在打扫她的屋子。

有一天早上，她叠完被子，走出房间，像是被什么东西拉扯住了，她回过头看到被褥还留着一条褶皱，上前抚平后，心里才舒坦了一点。那一刻她陡然意识到，这是强迫症，母亲正把自己塑造成和她一样的人，她的灵魂已经入驻到自己的身体，控制了一部分的精神。她警惕起来，害怕母亲变成她未来人生的镜子。想象二十年后的自己，婚姻失败，社交闭塞，生了个孩子，但没法跟她建立牢靠的联系，还要借着做家务的名义，才有理由走进她的房间，跟她说上一些唠叨话。想到这里，她必须要做一些母亲不许她做的事，第一件事是去找那个叫林磊的男生谈恋爱。

李襄颖表现得热情了起来，林磊再次送她回家时，她问他要不去家里坐会儿，可以一起写作业，但是得在母亲下班前离开。她带着他进门，脱鞋，穿过客厅，走入书房，摇开两张椅子。她没有开灯，而是在书桌上点上一根蜡烛。她打小就爱玩火，从小商品市场上挑来各式各样的蜡烛，母亲不理解，骂她不下十回。李襄颖说，停电时可以用。母亲说，你买的都够停电到明年了。她说，远远不够。蜡烛买回来后，她把它们锁在书桌最当中的抽屉里，一旦有什么需要，她就关上灯，拿出一根点上，好像陈年美酒，不轻易拿出来喝。李襄颖第一次带男生回家的那个傍晚，点上了一根带花纹的浅绿色蜡烛。

袭窗而进的黄昏在火光中黯淡了下来，烛火在风中跳舞，花瓶、水壶和日历本有了灵魂，这些物体的影子喧嚣地纠缠在一起，生动而又鲜艳。他俩一言不发，摊开本子写习题。厨房里传来冰箱工作时发出的嗡嗡的声音，响一段静一段。写了一会儿，李襄颖看到林磊的本子上还是一字未动，问，你干吗呢？林磊说，我学不进去，这蜡烛晃我眼。李襄颖说，我妈快要下班了，你抓紧。林磊说，抓紧什么？李襄颖说，抓紧写一点。林磊说，我来你家，就是为了写作业吗？李襄颖说，你还想干什么？林磊说，我们在谈恋爱，对吧？男朋友在你眼里是什么？李襄颖说，消波块。林磊说，消波块是什么？李襄颖说，你见过海没有？消波块建在海岸上，用来吸收大风大浪的。林磊说，我没太听明白。李襄颖说，你不用听明白，我也没指望你能听明白。这时李襄颖听到楼道里传来脚步声，母亲回来了，她已经听了十几年，不会出错。她立刻吹灭桌上的蜡烛，跑到玄关前，拿起林磊的鞋子，塞他手里，把他推进自己的卧室，叫他在衣柜里躲着。

果然是她的母亲，偏偏就在这一天，母亲提前下了班。母亲总是适时地出现，耽误她所有的要紧事，她可以为此生恨吗？母亲无辜，但总是令她讨厌。多年以后，她们的关系彻底僵化，李襄颖把手机密码、银行卡密码全部换成了母亲的生日，为的是让自己能够更加惦记她，不至于只剩下满腔恨意。她们可以为任何事情吵架，无法找到缓和关系的诀窍。那天傍晚，尽管李襄颖把蜡烛熄灭了，但母亲依然敏锐地嗅到了烧焦味，在客厅里大声呵斥，你迟早把这个家整个点着！李襄颖没有反驳，任由母亲扯大嗓门，因为林磊还在房间里，她不想让他看笑话，只好攥紧拳头，用大拇指甲掐自己的中指，一股恨意悄悄地在她体内流动，等到母亲骂完，她的中指上已经有了血印。

在母亲进厨房准备晚饭的空隙里，李襄颖拿起桌上的作业本，回到房间，拉开衣柜，林磊直立在门后，仿佛商场里的假人模特。李襄颖说，吃完晚饭，我会拉我妈出去散步，到时候你就自个儿出去。林磊说，你脸色好难看，你妈经常骂你吗？李襄颖说，跟我爸离婚后，她一人要分饰两角，还说有一半话是替我爸讲的。林磊说，刚刚没有问，你为什么要点蜡烛？李襄颖说，我手里有蜡烛的时候，别人就会离我远些。林磊说，你别这样，我们才刚开始，明天还能来你家吗？李襄颖说，别来了，要是被我妈发现，她饶不了你，也饶不了我。林磊说，我觉得你不喜欢我。李襄颖说，你昨天还讲，班上没有女孩子不喜欢你。林磊说，除了你，我不敢确定。林磊说完后，从衣柜里走出来，眼神变得不怀好意，他双手捏住她的胳膊，李襄颖有些害怕，也有些发蒙，心想这么小一个衣柜，怎么能容得下这么大一个人？林磊把头凑过来的时候，眼睛闭上了。李襄颖则完全相反，她的眼睛越瞪越大，但她的身体没有闪躲，因为怕闹出动静，一旦闹出动静，母亲就会破门而入，像跳水运动员，从天而降，蹿起一朵声势浩大的水花。

吃晚饭的时候，李襄颖心不在焉，她在想那个吻，想来想去，不太满意，像是被盖了个章，有些事情成了定局。和母亲去楼下散步的时候，母亲跟她讲昨晚做的噩梦，梦见一条鳄鱼躲在她的床下，每晚趁她睡着，就去厨房觅食，有一天家里没东西可吃了，鳄鱼把她整个吞了。照例做梦做到这个份上，她该醒了，但是没有，她整个人被一张鳄鱼皮包裹住，竟觉得还有些温暖，后来鳄鱼掉进一个泳池里，因为不会上岸，只好在里面转悠，她就疯狂吃水，几乎呛死在鳄鱼肚子里。李襄颖说，你怎么会做这种梦？母亲说，我不知道，但我觉得这梦有些别的意思。李襄颖问，什么意思？母亲说，这条鳄鱼，可能就是你爸。李襄颖说，跟我爸有什么关系？母亲说，书白念了你，这叫比喻，就是说我跟你爸活不到一块。李襄颖说，是的，一有狂风暴雨，鳄鱼能活，你就活不了。母亲说，你今天非要气死我？有件事我还在想要不要瞒你，还是跟你讲了吧，你爸跟别人结婚了。李襄颖愣了一下，然后说，你们谈恋爱那会儿，他说过这辈子只爱你一个人没有？母亲说，好像说过，又好像没有。

在一长串的缄默中，她们走回了家。李襄颖洗完澡，坐到书桌前，打开抽屉，把里面的蜡烛整排摸一遍，就像小时候推算盘上的算珠一样，无比柔顺。她每晚睡觉前都会做这件事，逐渐变成了某种仪式。她甚至觉得这双沾满蜡油的手，早晚有一天会生出火焰来。刚刚散步的时候，她有一句话没有问母亲，父亲跟别人结了婚，将来也会生孩子，要是生的小孩样样都比她李襄颖好，当母亲的会不会觉得是自己出了问题？这个东西叫等量代换，今天上数学课，老师刚好讲到这一章。想到这里，李襄颖听到背后有什么声音，转头一看，一个大黑影把她整个罩住，她吓得屁股离开了凳子，膝盖顶到了桌，疼得差点叫出声来。她骂道，你怎么没走？林磊从阴影里走出来，朝她做个鬼脸，说，我想在你这过夜。李襄颖说，你快走，别让我讨厌你。林磊说，怎么走？我要是出大门，你妈肯定发现。李襄颖想起自己没有穿内衣，双手交叉护在胸前，说，我不管，那你也得走，从这儿跳下去。林磊说，这是四楼，要出人命。李襄颖说，你不走，今天就睡衣柜里。林磊说，那我就睡衣柜里。李襄颖说，不行，你不能睡衣柜里，你还是得走。

林磊不再跟她周旋，而是直接躺到了床上，耍起了无赖。他以为这是打情骂俏的漂亮手段，李襄颖却直接哭了出来。她哭也不是为别的，而是洁癖的毛病又犯了，这个男人没有洗澡，穿着外套直接上了床，在她看来，无异于把一盘墨汁往床上倒。而且他庞大的身躯把床板都挤压出了声音，她从未见过自己的床如此疲劳过度。李襄颖一哭，林磊又吓坏了，从床上爬起，不知道怎么安慰，只好拍她的背。李襄颖拍掉他的手，说，别碰我。林磊说，有意思吗？他走到书桌前，打开窗，把书包扔了出去。朝下面看了看，风有点大，地面有点远，又把窗户关上，打开房门，走了出去。大门关上后，隔壁传来母亲的声音，李襄颖，你跑出去了？李襄颖朝门外喊，没有，你听错了！李襄颖回到窗边，盯着楼底，等林磊出来，抄起桌上的墨水瓶朝下面扔去，瓶子在林磊的脚边炸开，墨水溅到了他的裤腿上。李襄颖立刻关上窗，拉上窗帘，也没听清林磊是怎么骂她的。她蹲在桌子旁笑，笑了一会儿，眼眶又有点湿。第二天，回到学校，李襄颖和林磊默契地保持了距离，好像什么也没发生过，做早操的时候，女生从男生队伍中穿过，她也不看他一眼。那时他们年纪小，生活就像作业本，只顾往后写，不会朝前看。

　　傍晚放学后，我躲在空教室外的走廊上抽烟，抽到一半，走廊传来脚步声，我下意识地把烟藏了藏，是李襄颖，她背着书包朝我走来。我开始紧张，要是换作班主任，我反倒更能应对自如，把烟往墙头上一戳，然后塞进口袋，这事我干过不下十回，有一次烟头没弄干净，差点把裤子点着。正当我不知道该如何打招呼时，李襄颖折进了空教室，我松了口气，转头瞥了她一眼，是来写作业的。

我没有理她，到走廊里站了会儿。广播里放着流行音乐，学生成片拥出校门，夕阳从树叶的缝隙中穿过，照在球场的篮板上，酝酿成一团耀眼的光芒。夜幕来临前，心里有些情绪。这段时间，我常犯烟瘾，也就放学的间隙，能够在这儿抽上两口，别的时间都得忍。而我一忍，就容易犯困，把老师讲课声当催眠曲。念到中学后，学习有些变味，课本还像以前一样简单，试卷却决心要跟课本断绝关系，难度陡增，仿佛今天刚拿到驾照，明天就要被送去开F1赛车。班上那些尖子生，也不知道私底下偷偷做了多少习题，才考出那么漂亮的成绩。班主任说我总是双目无神，心思不在学习上。我想了想，没想出我心思到底去哪儿了，就算不在学习上，也应该在其他地方，可它失了踪迹，久久没有音讯。班主任还说，没有人是天生的差生，只要肯花功夫，人人都能考上高中。这让我想起我的父母，不像大多数同学的家长，我的父亲不是保安，母亲也不做家政，他们在大学生最稀缺的年代考取了名校，这是份难得一见的体面，而我也理应继承这份体面，把一份大红录取通知书交到他们面前。但十四岁的我面对满眼红叉的试卷时，还是有些怯弱，不知道从何发力。小时候，我总以为不看钟表，时间就不会流逝，可以尽情浪费。到了现在，我潜意识中仍有这种想法，我朝天空吐烟的时候，总觉得黑夜永远也不会到来。

这时候，李襄颖过来了，站到我边上，起初一言不发，过了一会才说，你是不是有些不舒服？我说，没有。她说，你怕我告诉老师你抽烟？我说，不怕。她说，你要是怕，就给我也来一支，这样我们是共犯了。我想了想，觉得她说得有道理，我从口袋里掏出一支笔，再从笔管里倒出一根烟，递到她手里。她说，藏得倒挺好，就是有点脏。我说，直接放口袋里，容易折，学校门口买的散烟，一块一根。她说，你一天买几根？我说，两到三根。她说，瘾挺大。我说，这还是我第一次给人驳烟。她说，什么是驳烟？我说，就是拿点着的烟给人点烟。她说，我还没有抽过烟。我说，那你可能会呛到。她说，但我今天就是想抽。她学着我的样子，吸了一口，果然呛住，喉咙里像卡了炸弹一样，咳得东倒西歪，她拉着我的胳膊，我扶着她的肩膀，顺手把她的烟给掐了。我说，你别咳了，再咳把老师都引来。她努力憋了一会儿，用臂弯堵住嘴巴，我回教室拿了她的水杯，她喝了几口，终于好了。

我把她的烟架在面前的矮墙上，一只虫子飞来，正好落到烟头上，缓缓蠕动，从烟的这头爬向那头。她说，你知道我跟林磊的事情吗？我说，听说一点。她说，他昨晚亲了我，没经过我同意。我说，你们不是在谈恋爱吗？她说，已经不在了，我不该让他亲我的，你初吻给了谁？我说，给了烟。她说，我这个年纪就跟人接吻，是不是有点太早了？我说，是有点早。她说，没你抽烟抽得早。她喝了一口水，一五一十地讲起了她和林磊的故事，细节丰满，越讲越起劲，几处停顿的地方，我以为要收尾了，转眼又另起一段，讲她父母如何离了婚，讲她的母亲如何讨厌，就连昨晚做的梦也要和我说两句，好像我是个日记本。最后她意识到自己离题了，又回到了林磊的话题上。我把矮墙上的烟拿起，擦了擦烟嘴，重新点上，学校外面的工厂已经亮起了灯。

我说，我听明白了，你是觉得这人普普通通，凭什么吻你，对吗？她说，我听过一句话，初吻给错了人，这辈子找不到好对象。我说，谁说的？她说，你别管谁说的，我觉得有道理。我说，你想学抽烟，也是为了摆脱你妈对你的影响？她没有回答，沉默良久，从上衣口袋里掏出一根红色蜡烛，竖在矮墙上，说，帮我点个火。我照做，掏出打火机，点燃蜡烛。我说，今天是你的生日？她说，你说风吹灭蜡烛的时候，它会许什么愿望？我说，我不知道，也许只是想把它吹灭。她说，蜡烛是火焰的梯子，你有没有觉得？蜡烛一点点烧完，火一点点落到地上，然后熄灭。我说，你烧了多少蜡烛，才悟出的这个道理？她说，只要见到火苗，我就能集中精神，考试的时候，要是有这玩意儿，我可以多考十分。我说，这么玄乎？不怕烧起来吗？她说，没有任何一件东西会无缘无故烧起来。

火苗在晚风中摇摇晃晃，好像我打瞌睡时的脑袋，猛地一下，就会栽到桌子上，但总是先一步醒来。蜡烛几次都差点被风吹熄，借着残存的一点火星，顽强地扭转了颓势。火光越来越亮了，这也说明天越来越暗，是时候回家了。临近聊天结束的时候，李襄颖凑近蜡烛，温热的火焰把她的脸照得明媚如玉。她说，我有很多蜡烛，有的用来照明，有的用来烧东西，这一根，我用它烧过日记本，烧过我爸的棋谱，烧过一个娃娃，这些东西不是烧了，是存到蜡烛里了，蜡烛没烧完，它们就没有丢。她一边说，一边盯着蜡烛，好像在水族馆里隔着玻璃看一条游鱼。奇怪的是，就在那短促的刹那，一阵荒凉的心绪突然荡漾出来，宇宙的边界陡然缩减，仿佛只容得下她一个人和一支燃烧中的蜡烛。后来我明白，人可以借着火光看到另一个人的孤独。

男人没一个好东西，她突然说，你也一样。说完后，她吹灭蜡烛，走回教室，背起书包，朝楼下走去。

那是我们第一次聊天，从那以后，我们很久没有说过话。再后来，我找回了自己的心思，认真学了一阵，每次犯困，我就用圆规戳手指。数学题做不出时，我就使劲挠手臂，一场考试下来，能在小臂上扒拉出个文身。举行重要考试时，学校会按年级名次排序，重新分考场，仿佛梁山好汉排座次，一进考场，地位身份一目了然。刚开始我在最末的考场，一百名开外，连梁山都上不去。有一次考完试，隔壁考场传来一件逸闻，有个女生在考场上，不知出于什么缘故，突然把试卷烧了，场面夸张，前所未有。至于作案工具，有人说是火柴，有人说是打火机，还有人说是蜡烛。那时我已经猜到，这人是李襄颖，作案工具是蜡烛，用打火机点着蜡烛，再用蜡烛烧的。至于为什么要烧，我暂无头绪。学校没有追究她，反倒觉得学生压力过大，才有了如此疯狂的举动。因为照例来说，手撕就足以泄愤，没必要到用火的程度。而且区里最近常有学生跳楼事件，学校十分谨慎，为李襄颖设置了单独的考场，座次排在所有人前面，对应到梁山好汉里，她就是晁盖。

三年后，我们上高中的头天晚上，我在走廊里碰到了她。那种恍如隔世的感觉并不多见，仿佛又回到了最初的傍晚。她没什么变化，依然纤瘦高挑，穿格子衬衫，配束腿牛仔裤。我们就这样做了九年同学，并且还要继续做下去，趁着晚自习还没开始，闲聊一会儿，提到了当年火烧试卷的事情。她说，试卷上有道题，算完后的结果，正好是我爸的生日，我想起我爸后，就没法好好考试了。我烧那张试卷，用的是一根白色蜡烛，它专烧我讨厌的东西。我说，你讨厌你爸吗？她说，小时候讨厌，现在不了，我没法同时讨厌这么多人。我说，你爸是做什么的？她说，教人下棋。我说，什么棋？她说，象棋围棋都教。我说，围棋我不懂，象棋我会一些。她说，我爸一辈子没输过。我说，总有棋逢对手的时候，怎么可能从没输过？她说，你不信？我说，我不信。她说，咱们下一盘。

第二天，李襄颖不知道从哪找来盒象棋。上完下午最后一节课，我们去了学校操场后边的花园，把棋谱摆在河边的墙墩上。说是棋谱，实际上就是一张塑料纸，风一吹就要翻起来，刚开始还有棋子压着，走了几步后，就要用吃掉的棋子压住四个角。李襄颖点起一根蜡烛，没地方摆，捏在手里。我掏出一根烟，从她那点了火。她要了先手，第一步，把炮推到河线，第二步，炮二平八，把两只炮叠到了一条线上，正好对着我的炮口。这路数我从未见过。我说，你这只炮不要啦？她说，你走。我心想，刚开局，能有什么陷阱？立刻举棋，隔着她的炮吃掉了她另一只炮。她起马，压着我的炮，整个开局。她没有丝毫停顿，一板一眼，好像心中有个谱。没过几步，我的炮也没了，她的车冲下来压着我的马，卡住我的象脚，再把剩下那只炮拉到最右边，把我一步未动的车给吃了，车旁边的马也无处可逃。下到这里，我乱了阵脚，中局未到，已经折损一车一马一炮。就在这时，李襄颖吹灭蜡烛，说，不下了，今天就到这。我还没反应过来，李襄颖已经开始收棋。

我不甘心，过了一天，又去找她下棋，一样的套路，我在脑子里复盘了一天，以为能解，还是丢了个车。李襄颖又要收棋，我拦住她，要求下完。李襄颖说，还有必要下完吗？我说，下完，棋哪有下一半的道理。两步过后，进入中局，她像变了个人，棋路不再犀利，意图过于明显，一连失误好几次，很快被我将死。收棋的时候，正好夜幕降临，操场边亮起了灯，跑圈的学生从黑暗里出来，又奔向另一片黑暗。宿舍楼灯火通明，放远了看，好像一张气泡纸，一个窗户就是一个窟窿。李襄颖说，我爸就教了我这一招，他说特管用，一般人解不了。我说，你应该跟你爸多学几招。她说，没来得及学，他人也是这样，只管我个开局，就跑没了影。我说，要是有机会，我跟你爸请教请教。

我与她的交集总是断断续续，下了两盘棋后，我们又许久没有联系。再遇见她，已经到了高中最紧张的时候。寒假里，老师没有给我们布置作业，班主任说，临门一脚的时候了，该拼命的人，都知道怎么拼命。那段时间我常做噩梦，在梦里反复踏进考场，无一不是铩羽而归，枕头湿了一片。噩梦的教训，比家长老师的唠叨管用。趁着父母还没放假，我一边抽烟一边做题，效果出奇地好，要是高考在吸烟室里举行，我准能考上。一天下午，我正在书桌前拼命，窗户突然被什么东西砸中，把我吓了一跳，往下一看，是李襄颖。她穿着羽绒服，戴着贝雷帽，身后背了个书包。我刚打开窗户，她又朝我扔了个东西，我接住，是块糖果。我说，你干吗呢？她说，你不是想找我爸下棋吗？我带你去。

后来发生的事情，在我出家门前并未料到。李襄颖准备去找她的父亲，那个自小学四年级过后再没有见过的男人。她计划周全，说，先坐公交到汽车站，买两张长途车票，运气好，天黑前可以回来。我十分犹豫，当下这个节骨眼，不论我去哪，都免不了父母的一顿骂。而且我还在想那道解了一半的题，心里有些难受，像洗澡时刚抹完沐浴露，突然水就停了。李襄颖说，你能不能义无反顾一点？车钱我出了，你就当帮流浪汉找家，我说，你长这么大，不会没有一个人出过远门吧？她劈头盖脸说了不少，仿佛我不跟她走，就成了天底下最没用的窝囊废。我让她等着，我要回去把题写完，再找件外套，围条围巾。李襄颖怕我食言，非要我把家里钥匙给她。

当我再回到书桌前时，我的思绪已经乱了。我这人总是这样，做一件事的时候，老想着另外一件事，手头里的事没做好，手头外的事倒想通了。我在桌上给父母留了便条，声称去老师家写作业。我把字写得工工整整，万一我夜不归宿，只要看字迹，稍加推理便知道我没被绑架。出门后，我质问李襄颖，说，你跟你妈吵架了，是不是？她撕开一颗糖，扔进嘴里，然后才跟我说了实话。寒假开始后，焦虑在家中蔓延，母女俩天天吵架，吵到最后，李襄颖把自己反锁在房间里，在周围点十根蜡烛，把自己团团围住。这一幕被破门而入的母亲看到了，母亲大喊，你在作法？随后把蜡烛全吹灭了，李襄颖跟我说，她这辈子没见过口气这么大的人。母亲没收了她的蜡烛，掰断后扔进垃圾桶里。蜡烛上的火灭了，李襄颖心里的火烧起来了。她开始整理衣物，收拾行囊，最后拿出了藏在床底下的安全绳，一端绑在窗框上，一端系在腰上，从四楼爬了下去。她对此十分得意，母亲再次踏进她的房间时，会目睹一场大变活人的好戏。

一路上，李襄颖都在讲述她爸的故事，这时我才知道，她爸就是当年县里有名的棋王，小的时候，我父母在餐桌上闲扯，还提起过这个名字。他叫李有容，最早在少年宫教小孩下棋，教了几年，被一家药企的老板看中，让他来公司里挂个闲职，薪水照发，平日里就陪几个领导下棋。后来他们创办了俱乐部，举办比赛，李有容每年都拿冠军。这不奇怪，早在李襄颖出生前，他就拿了两次市里的冠军。在他那个小县城里，有一南一北两大棋王，他是北棋王，还有一个南棋王，两人都靠教棋为生，但从未交过手。本来学棋的人就不多，他们要是有了胜负，学员就全跑赢家那边去了。李有容终日在北边活动，另外一人就在南边活动，谁也不愿碰见对方，一旦在街头遇上，路人就要起哄，死活得让他们下一盘。两人心照不宣，各占一个山头，就是参加比赛，也要错开报名。

李襄颖出生以后，他们搬到了现在这个地方，李有容棋王的名声也得从头攒起，来找他下棋的人络绎不绝。当时李襄颖的母亲还在超市工作，每天夜里才下班，照顾女儿的重担就交到了李有容身上。李有容跟人下棋的时候，李襄颖就待在房间外，有时棋局很长，李襄颖肚子饿了，就去敲门，敲门不应，就跑去厨房摔盘子。李有容觉得有些对不起女儿，有一次停电，他给女儿点了根蜡烛，然后就跟客人进房了。出来的时候，看到李襄颖正安静地坐在蜡烛前，目光虔诚，精神洗练，洋娃娃也扔在一旁。在那之后，他每次都会给李襄颖点上蜡烛，并在上面标上一个刻度，他告诉女儿，烧到这个刻度之前，爸爸就会凯旋。这招十分管用，李襄颖在房门外，凝视着蜡烛一点一点烧下去，有时也为父亲捏把汗，她把父亲的胜利当作自己的胜利，父亲从房间出来，吹灭蜡烛的那一刹，是她小时候最骄傲的时刻。

　　一个下雪的夜晚，家里来了一个陌生男人，此人是南棋王，来向李有容下战书。这几年生意不好做，学棋的人越来越少，南棋王走投无路，想赢下李有容，把招牌做大。李有容见到他的那一刹，心里有些不安，仿佛闹钟还没走到定好的时间，提前响了，给他来了当头一棒。他没法推托，和他约好时间，讲好规则，三局两胜。一个礼拜后，南棋王如约而至，与他一同到来的还有一位公证人。对局开始前，和往常一样，李有容给了女儿一根蜡烛，让她在外面等着。那是李有容消失最久的一次，李襄颖等得有些心慌，蜡烛烧了半截，火焰奄奄一息。她不停地朝客房张望，在一次转头的过程中，蜡烛被她的辫子绊了下，掉落到沙发上，火势迅速蔓延。李襄颖冲进房间的时候，李有容正在思忖最为关键的一步，此前两人各胜一局，最后一盘，已是残局，车马斗车兵，即将进入杀局。这时女儿的哭喊声惊醒了他，他朝门口望去，看见客厅里浓烟弥漫，立刻冲了出去，抱起女儿，跑到大门外，此时火已经从沙发烧到地板上。李有容反应了几秒，想起楼道里有个灭火器，马上跑下楼去，一步三个台阶。那灭火器已经到了年纪，外壳有些生锈，喷出的干粉也气势萎靡。尽管李有容足够迅速，客厅还是被烧掉了一半，他看着狼藉的现场，感觉心里也有什么东西烧焦了。

那场未下完的棋以李有容的弃权告终，家里出了这档子事，他没了状态，也没有脸面再投入棋局当中。李襄颖记得母亲回来后，和父亲大吵了一架，骂他不配做父亲，也做不了一个好丈夫，一辈子活在棋盘上，终究是个当炮灰的命。这场架吵得声势浩大，天花板上的吊灯掉了下来，在烧焦的地板上碎成了玻璃瓣儿。李有容坐在黑暗里，不愿再点蜡烛。母亲跨过了满地的玻璃碴，去卧室收拾衣物，抛下了这个男人，带着李襄颖去外婆家住。那是李有容一生中最灰暗的时光，除了家庭矛盾外，他败给南棋王的事也传遍了大街小巷。从此以后，再没有南北棋王之分，只有棋王和李有容。而他败给棋王的事，一传十十传百，到了后来，多出不少艺术加工。再回到他耳里时，故事变成了，棋王到李有容家中下棋，下到最后一局，李有容眼看要输，命女儿在家中放火，中断了棋局，不仅输了棋，还输了人。关于这个说法，起初还有人怀疑，有个曾经输给李有容的人出来佐证，说，当时我去他家下棋，就见他给女儿点了根蜡烛，我就纳了闷，明明灯还亮着，点什么蜡烛？现在才知道，派的是这个用场！

李襄颖和母亲在外婆家住了一个多月，其间父母一直在电话里吵架。回去之后，两人闹起了离婚。令母女俩没想到的是，这一个多月以来，李有容屋子也没有收拾，烧焦的沙发，摔碎的吊灯，仍像离开前那样触目惊心。李襄颖再见到父亲时，他整个人消沉了不少，人比屋子还要破败，胡子没有刮，里面嵌进了灰，皱纹加深，皮肤干燥到脱皮，连讲话声音都沙哑了起来，虚弱到快要捏不紧拳头。那时李有容已经有些精神失常，他虽然还和人下棋，但输多胜少，棋艺大退，有时下到一半掀桌子，或是拿起别人的棋，硬要悔一步。他多年来紧绷的那根弦断了，人只要输了一盘棋，就会输无数盘棋，到最后，连自己也不信了。

他丢了工作，毁了名声，没有人愿意再和他下棋。李有容开始和自己下棋，一手执黑，一手执红，下的时候嘴里喃喃自语，这手二鬼拍门有气势，这个八角马解得好。喝下一盏茶，继续摆盘。有时手舞足蹈，有时捶胸顿足，像五六岁的小男孩，两手各捏一个玩具，来回打架。一个冬日的傍晚，李有容阴着脸出门，李襄颖问他去哪里，他没有回答，李襄颖察觉到气氛有异，于是跟在了父亲后面。只见父亲穿过小巷，踏过石板路，手在厚厚的墙壁上一路抚过，经过一小片竹林后，来到河边，伫立良久。李襄颖跟他隔了一片林子，远远望去，父亲像一座石碑，灰暗的身躯上刻满了重重心事，但她年纪尚小，无法读懂。天空中云雾凝重，白得有些吓人，刺骨的寒风吹过，卷走几片黄叶，李襄颖竖起衣领，朝手心哈了口气。这时她看到父亲蹲下身子，开始脱鞋，脱完鞋后又脱外套，搭在围栏上。正当李襄颖疑惑时，父亲翻过围栏，来到了另一头，双手反身抓着围栏，脸朝向湖面，样子就像十字架上的耶稣。李襄颖吓坏了，急忙跑上前去，但父亲却停了下来，迟迟没有做出下一个动作。时间故意在这些要命关头走得很慢，李襄颖不再往前，因为她看到父亲翻了回来，重新穿上了衣服。又安静地站了一会儿，突然甩起大臂，狠狠给了自己两巴掌。李襄颖听得很清楚，那两下棱角分明，毫不含糊，仿佛自己的脸颊都被波及了几分。随后父亲上了街，去熟食店买了点鸭肉，给她当作晚饭。那是他们一起吃的最后一顿晚饭，第二天，父亲就走了。李襄颖推测，父亲那时候觉得自己是要自杀的，所以离婚分财产的时候，他没有跟母亲争，只分得了一辆车。一直到他日子过不下去了，才想起回来讨钱。离婚后的半年里，李襄颖见过几次父亲，都是回来跟母亲拿钱的，但母亲态度强硬，李有容从未得逞过。再后来，李襄颖就没有见过父亲了。

李襄颖讲到这里时，我们已经到了长途汽车站。坐了两小时公交车，起身的时候，才觉得屁股疼得厉害。到了现在这个地步，我不再后悔出门，只要今天能够见到李有容。汽车站我来得不多，每次来都感觉自己不像个学生。这里什么样的人都有，不像在学校里面，人人都只会解方程。检票口前，一些穿脏衣服的工人，担着的行李比人还要大，乞丐蜷缩在角落，身前的铁罐子上全是划痕，里面零星散落着几枚硬币，还有一支抽了一半的烟。我一看到烟，嘴里有些痒。上车前，准备去吸烟室抽一口，但刚进门我就出来了，除了空气污浊外，那些人望我的眼神，好像随时要上来查我身份证一样。我把打火机塞回兜里，回到检票队伍，一刻钟后上了车。此时天已经有点黑，我靠在椅背上，不一会儿就昏沉睡去。

醒来已是夜里，身上全是汗，下车之后，被风一吹，冻得要感冒。我们叫了辆出租车，给司机报了地址，半小时后，车在一个大厂房前停了下来。我问李襄颖，确定是这里吗？李襄颖说，他在这里上班，九点钟下夜班。厂房里灯火通明，机器嗡嗡作响，我看了眼表，还有四十分钟。我们先蹲到了一旁的大仓库里，这里空荡荡的，什么也没有，除了满地的灰尘。李襄颖从包里拿出饼干和糖果，垫了几口肚子。吃完以后，她趴坐在门口的一辆电瓶车上，开始打瞌睡。而我则准备去外头转悠一圈，顺便抽根烟。

没过一会儿，我望着月亮，有些焦急，今晚要是回不去，住哪还是个问题，明天回家，怎么跟父母交代，又是另一个问题。此时厂里出来五六个人，在我不远处落了脚，也是来抽烟的。我瞥了他们几眼，一个男人注意到了我，朝我走了两步，说，喂，你不是我们厂里的吧？我说，我来找人。那人问，你找谁？我走过去几步，说，我找李有容，认识不？那人回头喊道，老李！有人找你。这个时候，人群中一个男人转过身来，高高瘦瘦的，头发剪得很短，和其他人一样，穿灰色工装夹克，他背着光走过来，我开始紧张，上身发颤，慢慢才看清了他的脸，这时我确信这个男人是李有容了，他的长相和李襄颖起码有八分相似。

他问，你是谁？我说，我陪你女儿来的，她要见你。他说，我女儿？我刚跟她打完电话。我说，另外一个，李襄颖。他愣了几秒，身体好像抖了一下，说，她在哪？我朝远处的车棚指了指，说，赶路赶累了，这会儿在睡觉。他问，你是她同学？我点点头。他说，你们回去吧，我不见她。我有些慌乱，忙说，分开这么多年了，你就不想见一见她？他说，小伙子，辛苦你了，怎么来的怎么回吧。说完以后，他扭头准备走，我喊了一句，不见也行，你还下棋吗？他说，怎么了？我说，我这一路赶来不容易，想跟你下盘棋。我掐了烟，从上衣口袋里掏出一小盒棋。他笑了一声，说，好，下一盘。

我们在厂门口找了张长椅，两头坐，中间摆棋谱。李有容说，学过？我说，没学过，下着玩。他说，下着玩可以，别当回事，快高考了吧？我说，还有四个月。他问，李襄颖成绩怎么样？我说，考个本没问题。说完后，我走了第一步棋，把炮推到河线，他摆了一步当头炮，我炮靠边一滑，两个炮连到了一条线上。他问，你这招跟谁学的？我说，跟李襄颖学的。他笑一声，摇了摇头，说，不可能，我教她的时候，她还不到十岁。李有容拿起炮，吃掉了我的炮，随后我上一步马，卡住他的炮，每一步都在谱里。我说，这是她唯一会的招，她还没来得及往后学，你人就走了。李有容仍在诧异当中，眼神空洞，不是在想棋局上的事。几个回合过后，我顺利吃掉了他的车，他也毫不在意，没做任何补救，好像就这么让了我一手。我不敢松懈，把双车都架了出来。他的当头炮吃掉了我的兵，卡在中线，他的马每动一步，对我都是威胁。我正琢磨着，突然眼前一片漆黑，厂里的灯关了，我一看表，到点了，工人们开始下班。黑暗中，我几乎分辨不出棋子的颜色，就在这时，李有容从口袋里掏出一根蜡烛，用打火机一划拉，着了，握在手里，火光照在棋盘上。那一刻我仿佛彻悟了什么，深吸一口气，眼眶有些痒，身子变得僵硬，但有一股热量在我体内流窜，好像随时要涌出来。

他说，我念书那会儿，每天一放学，就到街上跟那些大人下野棋，脑子里只有一件事，将死对方，那时我年纪还小，不知道生活已经对我摆了手当头炮。说完后，他车马联合，逮杀了我一只马，随后小卒过河，大军压阵，我陷入被动。他说，生活就是一盘棋啊，我年轻的时候，就是个车，横冲直撞，没人挡得住。李有容像我身边读过点书的老人，爱讲道理，也爱打比方，时不时就要感慨一番。我说，你现在是什么？他拿起他的象，朝我展示了一下，说，马走日，象走田，象要是能过河，跟马一样好用，但这个棋只能用来保家，没法去对岸。我说，你不想见李襄颖，是不把她当女儿了吗？李有容没有回答，走了一步大刀剜心，把我彻底将死。随后吹灭了手中的蜡烛，用手拨弄了一下芯线，然后塞回兜里。他说，李襄颖永远是我女儿，但我现在没法见她。我说，有什么不能见的？她跟她妈吵架了，第一件事就是来找你。他笑了起来，拍了拍我的肩，说，小伙子，她第一个找的人，难道不是你吗？说完后，他站了起来，手上还在摆弄他的象，反复地摩擦上面的凹纹，好像在摸麻将牌。他继续说，等能够见她了，我会去找她。我问，她还得等多久？他说，我现在是个象，过不了河，你带她去车站吧，还能赶上最后一班车。他把手里的象放进棋盒里，开始收棋，收完以后，递到我手里，我才意识到他要走了。我说，有件事我得告诉你，李襄颖到现在都喜欢点蜡烛，她总觉得，蜡烛一烧完，你就会从房间里出来。他听到后，嘴角动了动，说，小伙子，我也跟你讲件事，我上一次跟人下棋，还是在离婚之前。说完后，他朝工厂走去，背影嵌进黑夜当中，一下就没了踪迹。

我回到车库，李襄颖还没醒来。那天晚上，我费了好大劲才把她带回去，我告诉她，李有容不在这里，但她笃定地认为，父亲就在附近。她穿进工厂下班的人流，来回找了几遍，一无所获，过了半个小时，直到人全走完了，她才肯罢手。她靠在我的肩膀上，哭了起来，我很少见到人会难受成这个样子，即便面前的山塌下来，也不会占去她丝毫的注意。我们在路边等出租车的时候，我回头望了一眼，工厂外的树林里，最粗的那棵树后，有个人影，我没看清，但我想，除了李有容，不会是别人。

半年以后，我到南方的一个城市上大学，李襄颖比我考得好，跑得很远，去了北京。我俩十二年的同窗情谊，也到此结束了。当年她领我去的车站，成了我上学的必经之地，像记忆里的书签，每次经过，总是不可避免地想起她。大学里，我念的是中文系，倒不是有多热爱文学，只是觉得读这个专业，少听几门课也能侥幸毕业。我经常在一些枯燥的课上昏沉睡去，有时即便坐在第一排，也要硬着头皮睡。但有一节古代文学课，我印象颇深，老师讲老子的《道德经》，提到里面一句话，大象无形。那一刻我陡然从迷糊中清醒过来，盯着黑板上的四个字，想起了和李有容下棋的那个夜晚，想起了他手中的蜡烛，火光如诗，烛影迷离，我不知道李有容这头象，后来过了那条河没有。

前有饮水处

我一生都将记得那个夜晚，星光闪耀，草场寂静，辽远的大地上偶尔传来几声狼嚎。义父从木屋中走出来，透过昏暗的煤油灯光，将我领到马厩旁，他挽起袖子，抓起我的手，我感到他的掌心布满褶皱与老茧，因为长期酗酒的缘故，还有些发颤。他将一条缰绳塞进我手里，用力按了按我的手背，十分郑重。缰绳的另一端是铜爵，它是义父的坐骑，速度非凡，距今已经驾驭了十一年。

　　义父说，骑上它。我照做，踩上马镫，转胯，坐到马鞍上。义父解下马前蹄的八字绳结，吹了一声哨，铜爵扬了扬它的前蹄，抖搂一片金黄色的尘土。义父说，你就一直朝东边骑。我说，骑到什么时候？义父说，向西走是山，向东走有海，但一定要先找到饮水处。我说，知道了。义父说，知道什么了？再说一遍。我说，先找到饮水处。义父说，我死了，不要为我报仇。说完，他抽了下鞭子，铜爵开始奔跑，穿过小径，跨过木栏，厚实的力道一度让我无法回头，只看见余光里的灯影逐渐黯淡下来。

很早的时候，义父就离开了族人，在大河之畔谋生。起先在一家牧场当牧牛人，每天的工作是在牧场周围巡边，防止牛跑出去，防止偷牛贼跑进来。义父早年性子极烈，巡场时骑在马上，身后背一把猎枪，遇上偷牛贼，他就提枪扫射腿部，抓获后去场主那里领赏。有一回，他巡场时多喝了几口酒，开枪时失去准心，偷牛贼当场毙命。这事后来又发生了一次，场主对此意见很大，怕他惹上不该惹的人，牵连牧场，于是通知义父，他会在找到新的牧牛人后将他解雇。义父十分知趣，第二天有牛跑出牧场，义父跟去寻找，再也没有回来。

义父安顿在了大峡谷，当了一段时间的猎人。有一次他打猎回来，在马背上发现了我。义父意识到是个弃婴，便把我放在溪流中，顺水流淌。第二天出门，他经过河流，发现我仍在原来的位置。他又把我绑在翼石鸟的腿上，这种鸟翅膀宽厚，能够带着重物飞行。隔了一天后，我又出现在了屋顶的鸟巢中。义父说我像个鬼魂一样如影随形，他只好收养。多年后，我对他的描述产生过怀疑，因为婴儿不可能在水中浮起，而像翼石鸟这样的品种，我也从未见到过。我甚至猜测我是他仇人的孩子，在某次决斗胜出后，他不忍心除患而将我收养。之所以会产生这样的想法，是因为从我记事以来，我们就一直在逃亡的路上。

义父告诉我，这世上每个人都是猎人，有的猎人捕杀动物，有的猎人捕杀人。义父结了仇家，不能连累族人，只好在外头漂泊。在我年纪还小的时候，义父就教会了我骑马和打猎，以及最重要的，如何使用枪械。在我年纪稍大一点之后，我才得知了义父收养我的另一个原因。那一晚我们打猎归来，路过一片森林，义父语重心长地向我袒露心绪。他生命中有一大半时间都在复仇的路上，他在牧场里闯下的祸，让他的亲人都卷入了尘世纷争，他的父亲和妻子分别被不同的猎人所杀害。他先为父报仇，后来为妻子报仇。他运气好，在决斗中赢了两回，侥幸活了下来。但在复仇成功之后，义父一度无法找寻到活着的意义，好像把这世上所有的事情都干完了。他不必再练习枪法，也不用保证身体健康，哪怕喝得腿脚站不稳，也不怕一头栽进湖里。义父说他患上了虚无症，灵魂离开了肉身，只剩下一副干枯的躯体。他几欲自杀，只是想到死后躯体会被野兽咬噬，迟迟没有动手。他收养猎犬，但无法在它的叫声中感到喜悦。他养护植物，但无法在花草的盛放中获得成就。为了找回自己的注意力，他做了个重大决定，他要收养一个小孩，以此来约束那些荒唐的念头。在我长大之后，义父尤其叮嘱我，假如有一天他被人杀害，千万不可为他复仇。听完义父的讲述后，我说，我明白了，复仇会将人带向悬崖。义父说，复仇本身就是一座悬崖。但在很多年后，当我被复仇的烈焰裹挟时，我没能想起他的关照。

义父是个稳重的人，不苟言笑，常用行动代替言语，必要时用枪发声。在格子镇的巷战之前，他还不像现在这样寡言。义父一生中吃过很多子弹，那次巷战尤为要命，一颗子弹从他的左腮帮擦过，卡在牙缝间，满口是血。他一个人杀死了五个猎人，从格子镇全身而退。枪战结束后，义父将弹片从嘴里取出，一块拿出来的还有两颗牙齿。义父没有读过书，但已经参悟了一条真理，牙齿是身上最坚硬的部位。这个故事被一位吟游诗人记录，谱写成一首歌谣，名为《坚硬如牙》。作为唯一听过歌谣的人，义父本人并不会吟唱，那次弹伤影响了说话能力，他说话变得轻而柔和，很难再对人发号施令，取而代之的是一种循循善诱的语调。也是从那时开始，我听信义父的话。

每天晚上，义父在我周围点燃三堆篝火，确保蛇和蚊虫无法靠近。假如身处险地，他会点燃更多篝火。义父总是神经紧绷，无事发生时也常常疑神疑鬼。为了调和心态，每个月有那么几天，他会跑去赌场使劲放纵。义父是个十足的赌徒，在他漫长的一生中，他不停地想确认一桩事情——好运女神正站在他的身后。在我们打猎时，蛮牛以惊人的速度向我们袭击时，义父也不忘和我打赌，要我猜测这一疯狂的动物会死于第几颗子弹。义父枪法虽好，多次死里逃生，但他始终坚信，人活一口气，能坚持到现在，不靠别的，全凭他的好运气。

但当我们去雪山下猎杀驼鹿时，义父好运不再，他踩到了别人弃置的捕兽夹，那夹子在枯叶下埋了有些年头，全是钛锈，锐利的尖刺扎进了小腿肌肉，伤到了骨头，尽管义父及时清理了伤口，但还是落下病根，左脚很难再使上劲。那也成了我们最后一次捕猎，从那之后，义父改头换面，隐匿身份，找了两个有经商经验的族人，投入毕生积蓄，修缮了一座马场，替富豪们养马挣钱。我在这马场住了两年，跟着义父和几个叔叔干农活，喂养马匹，清理马槽。忙里偷闲的时候，我经常划船到马场外的湖泊中央，躺在船上，面朝昏黄的云朵，幻想地心引力陡然翻转，我一路坠向天空。但义父比逃亡时更加紧张，端着把木椅守在马场门口。这么多年，他的手从来没有移开过枪套，嘴里总是念叨着格子镇的猎人，他知道他们总有一天会找上门来。

干完农活后，义父经常督促我训练枪法。在这片崩坏已久的土地上，每天都能碰上不法之徒，我们的命在自己手里，更在别人的扳机下，要想活下去，必须先人一步开枪。每一次扣响扳机，既为活命，也会招来杀身之祸。何时开枪是门学问，要穷尽一生去掌握。义父将他的经验传授给我，教我把枪套安在腰下，手垂直下放时刚好够到的位置，食指永远贴着枪身，枪管冰冷，如同这世道凉薄。义父还告诉我，敌人倒下之后，一定要对着眉心再补一枪，有一回他遭了阴手，那人吃了义父一枪后倒地，但没有死去，等义父背过身时，那人还了一枪，义父腰部吃了颗子弹，好在没中要害。义父说，这些都是拿命换来的经验，要记好。练了两年后，我掌握了腰部发力的要诀。义父把硬币抛向空中，要我在落地之前给它打上弹孔。我曾短暂地做到过两次，一次擦到了边，另一次正中圆心，硬币从中间凸起，像一朵铁花。又练了一年后，面对硬币，我几乎百发百中，我想把枪口指向更远的地方，义父摇摇头，说，你还没找到准星。

　　一天下午，义父去附近镇上买马具，路过警局时看到门口站了一帮外来人，是格子镇的猎人。他没有被吓着，回来和我两个叔叔商量对策。一直到晚间我才得知此事，义父从墙上摘下连发步枪，这把枪已经两年没有响过。义父的产业全都在此，这一回他不准备跑了。当我从木柜里拿出我的猎枪时，义父握住了我的枪管，把之前的话又重复了一遍。他说，你还没找到准星。义父要我离开这里，去一个我们一早就说好的地方。我不肯，我说，他们的人数已经比我们多了，我要留下来。他从骑行靴中掏出一把手枪，对准自己的太阳穴，说，紧要关头，没得商量。我吓坏了，面对义父锐利的眼神，我一度淌出眼泪。义父说，好运不会一直躲着我。他把我的猎枪取走，将手枪递给我，我握住枪柄，塞入靴中，手心有些黏，是义父在枪柄上留下的手汗。

我骑上义父的马，一路骑到荒原，没有了树木的遮挡，夜空变得明亮起来，仿佛置身于一块巨大的镜面下。我在马背上模模糊糊地意识到，这可能是我最后一次离开义父，身体像是被挖去了一块，空空荡荡，不再有依靠。我从马鞍里摸出水壶，手掌要穿过罐头、围脖和匕首，鞍里塞满了东西，还有义父的账本，上面记录着马场的营收，还有些简短的每日记录。一页记那么一两句话，字迹很潦草，月光下无法细辨，但有一句话写得很清楚，来自义父的箴言：子弹好躲，命运难逃。

我在马背上度过了一夜，天亮时，我按照地图的指引找到了第一口井，位于大陆的最东边，荒无人烟。我下马，趴到沙地上，井下的石头上写着一行小字，前有饮水处。这是我的下一个家乡，井字镇，一个义父向我念叨了无数遍的地方。很久以前，那里曾发生瘟疫，几乎无人幸免，镇子上到处是烧焦的尸体，传言常有幽灵出没。家族流散后，义父的族人逃到了这里，得益于幽灵镇的天然优势，他们没有被猎人打扰过。义父说我到了那儿，就会有人照顾我。由于地处偏僻，他们用井作为路标，井里没有水，只是用来指明方向，就像河里浮出的落脚木桩，一路踩过去就能抵达对岸。

最后一口井埋于仙人球之下，地上全是马蹄印，我拿出单筒望远镜，风沙中出现了若隐若现的建筑。我不再害怕，举起水壶一饮而尽。沿路骑行十公里后，我踏入井字镇的驿站，此时风沙停了，我站在土坡上望了望，整个小镇是一幅暗黄色的图景。我向驿卒报上义父的名字后，他们领我到了蓝胡子的家里。一路上我经过许多低矮的建筑，排列整齐，就是被风沙侵蚀严重，显得不太牢靠。镇上的行人不多，每一个都身背猎枪，神色凝重，用异样的眼神打量我，甚至停下脚步，直杵在道上，直勾勾地盯着我走过去。有一个头戴猎鹿帽的人朝我吹了声口哨，说，来了个外乡人？驿卒回道，这是蓝胡子的侄子。驿卒说得很大声，他不只说给他听，也说给其他人听，这时他们的眼神才变得和善了一些。

蓝胡子是义父的结拜兄弟，也就是我的叔叔。因为经常做科学实验，他的胡子被化学药剂染成了蓝色，后来就有了这个绰号。早年义父还没离开族人的时候，他们一起经历过家族迁徙。蓝胡子和我的义父不同，他从不参与战斗，连打猎也不会，经常被族人耻笑。每到这时，义父就会为其出头。蓝胡子一生都在捣鼓发明创造，有一回，面对别人的嘲弄，他终于决心反击。他借走了义父的步枪，数日后归还到义父手里，枪管下多加了一个握把，声称只要按住扳机，子弹会连续不断地从枪口射出。义父当即对一棵巨木进行扫射，子弹连发的声音无比刺耳，尖锐中夹带着厚实的力道，猛烈的火力将一抱粗的树木拦腰斩断。这一可怖的演示惊坏了众人，在一片火光中，他们望见了科学的魔力，一个崭新的时代正在来临。只有蓝胡子处之泰然，走上前向义父解释握把的用处。由于材料受限，蓝胡子只给族人改良了三把步枪，它们在日后屡立奇功，再没有人敢蔑视蓝胡子。族人迁徙的过程中，大家专门为他腾出了一辆马车，用来装载他那个两米长的工具箱。

蓝胡子的儿子红心比我大四岁，十二岁时，他就能在射箭比赛中击败大人。我第一天来到井字镇时，红心别了一把弓箭，拿了一把铁锹，急匆匆要走。我们是在马厩里相遇的，我已经十多年没有见过他，隔着木栏，他朝我点了点头，说，今晚吃鸡肉配土豆，你觉得如何？说完后，他骑上马，朝镇子外疾驰而去。刚开始的几天，我一直没有见到蓝胡子，婶婶说他在实验室里做事情，一个月出来一次。红心离开之后，也迟迟没有回来。我没有多问，也不太在意。实际上那时我已身心俱疲，除了义父之外，没有事情能够分去我的注意。我设想了很多种场景，在想象中帮助义父脱困，一路赶到井字镇。每过一天，我就将前一种设想推翻，然后重新演算。我连续几天梦见义父，梦见离开马场的最后一个夜晚，深蓝色的夜空比记忆中更加立体，义父把他的马交给我，对我说，所有的故事都在马背上。一个礼拜过去，义父仍然没有出现，我坐在井字镇最高的水塔上，看着夕阳落下平原，光线一点一点从脚跟收走，在这个巨大的隐喻中，我知道义父不会再来了。

我暂时留在了井字镇，帮着婶婶做农活，代替家里另外两个缺席的男人。屋檐下，只有我和婶婶两个人，她一从摇椅上站起来，我就去帮她的忙。事情不多，每天都有人送来食材，我去药店买药的时候，老板也不收我的钱。好像只要报上蓝胡子的名字，就能受到与众不同的待遇。有一天我打完猎，刚进镇子，婶婶就来寻我，说，你叔叔他出来了。她慌张的神情令我疑惑。我指了指肩膀，说，我打了一头鹿，今天的晚饭有了。婶婶抓住我的手腕，带着我往家里走，她说，你叔叔跟原来不一样了，等下说话要小心，最好少搭理他。我说，叔叔他怎么了？婶婶说，他在研究巫术，整个人不正常了。我把野鹿放在门口，切下一条鹿腿，打开木门，一个高大的黑影映入眼帘，如果童年的记忆不算，那是我第一次见到蓝胡子，要不是他双腿直立，我一度以为这是个动物。他的头部长着触角，往两旁延伸，大概有半条胳膊的长度，像是我刚打下的这头鹿的鹿角。我吓退半步，等到霞光进屋之后才看明白，我的叔叔做了顶工具帽，触角上挂着一些小物件，像扳手和镊子之类，轻拿轻放，方便做实验时取用。因为触角太长，吃晚饭时他一个人坐在一侧。他的样子很怪，眼神有些飘忽，好像灵魂还在实验室，指派了肉体前来进食。

蓝胡子说，你义父呢？我说，马场有人来寻仇，义父把我送了出来。蓝胡子说，他自己没走？我说，没走。蓝胡子说，那他就是死了。婶婶说，你少说两句。蓝胡子说，不要紧，死亡不是终点，你们很快就明白了。说完后，蓝胡子又问婶婶，儿子去哪里了？婶婶说，你再多待两日他就回来了，到时候你自己问他。蓝胡子说，我耗不起这时间。婶婶说，你们多久没有见过面了？蓝胡子说，上个月在我的实验室里，我们聊了一个晚上，不是父子间的那种对话，而像是两个萍水相逢的人，回味无穷。蓝胡子从口袋里掏出一张纸，递给婶婶，说，这是我接下来要用到的东西，不难找，有些镇子上就能买到。我说，叔叔，你怎么不自己去买？蓝胡子说，这世上最难买到的东西，你知道是什么吗？我摇了摇头。蓝胡子说，时间。我说，叔叔，你在实验室里忙什么？蓝胡子没有说话，短促地笑了一声。

蓝胡子的实验室在地下，入口在院子里，先要爬梯子，然后沿着石阶往下走，石阶是他自己搭的，凹凸坎坷，我差点崴脚。走到尽头，打开一扇木门，后面就是实验室。这里的景观极为不同，像是由厨房改造而成的化学药间，虽然各个角落都燃着火盆，但仍然十分昏暗。房间的中心是个圆形台面，台上摆了一圈倒扣的金属碗，圆心处插了一根柱子，柱子最上边是个烧瓶。房间四周摆满了不同造型的器皿，还有些构造极为复杂的工具，以及不知通向哪里的细长管道。空气中弥漫着刺鼻的味道，响着只有耳鸣时才会出现的声音。蓝胡子说，记着千万不能抽烟，否则会爆炸。我指了指角落里的火盆。蓝胡子说，那不是普通的火。

这时我才明白，婶婶说的巫术实际上是指炼金术。淘金热已经过去半个世纪，蓝胡子依然坚信他能把铅块变成金子，缺的只是一块点金石。这是他的说法，我并不相信。介绍完几个器具的用处后，蓝胡子开始施展魔法，他先将一点混合物放入柱子上的烧瓶内，然后蹲下身，拨动机器里伸出的手杆，谨慎地对烧瓶加温。迷离的火光之中，烧杯仿佛在慢慢膨胀，我往后退了几步，撞到了一旁的书架，碰落两本书。蓝胡子没有看我，对着烧杯说了一句，要有耐心。几分钟后，烧杯内出现了一大块固状物，银白色，表面晶莹。蓝胡子从触角上取下一把镊子，小心地将它从瓶内取出，举到我的眼前，说，这个叫白宝石，可以将普通金属变成白银。我说，那黄金呢？他说，那还需要更多实验。我说，想得到金子，铁锹和步枪也许更为靠谱。他说，重要的不是金子，是铅块变成了金子。我说，我不明白。他说，铅不重要，金子也非必要，重要的是转变。我说，水可以变成冰，木头也能变成房子。他说，你的皮屑也会变成灰尘，但那没什么稀奇的，想象一下，牛奶盒子里倒出了一碗蜂蜜。我说，你可以办到？他说，只要铅能变成金子，什么事都能办到，蛇可以变成烟枪，死去的人也能复活。我说，你有本领让义父活过来？他说，毫无疑问，点石成金只是炼金术最不值一提的用途。

那时我尚年轻，没有想过生死的问题，义父教我枪法的时候说，死亡是不可更改的事情，所以要把枪使好。死人比起活人，无非就是多吃了两颗子弹，一颗在心脏处，一颗在眉心处。但蓝胡子的话令我着迷，好像一旦接受了他的说辞，我心里就会好受一些。我不该走的，纵使义父把枪举到太阳穴，我也不该走，假如有重来的机会，我会把枪管举到同样的位置。时至今日，我掌握了挽留的要诀。义父把我驯养成一个听话的孩子，但从这一刻起，我决定做自己的主。只是无论如何，我再也回不到那一天去。婶婶端了热牛奶下来，说上边下雨了。但那一刻，在我的想象里，上边晴空万里，蓝胡子的话闪闪发光，好像义父就坐在天边的某张椅子上，他拿上几两黄金，就可以把义父赎回来。

接下来的几日，我在实验室里给蓝胡子当助手，他的儿子走了，正是需要人手的时候。我们在实验室里什么也不干，反复地将烧杯加热再冷却，加热需使其冒烟，冷却但不能让它生雾。三天过后，蓝胡子将里面的物质进行纯化，提炼出一小块红色的固体，蓝胡子称之为红宝石，这是世界上最接近点金石的东西，但如何让它成为真正的点金石，还需要几道工序。蓝胡子将一只死去的老鼠放进石锅，再将红宝石放在老鼠一侧，像一颗正对月亮的星星。蓝胡子放上锅盖，用写满符文的纸将其密封，在石锅周围铺上两圈引火线。他从触角上摘下一个小瓶子，把里面的液体精准地倒在火线上，引燃的火线发出红色的火焰。我把手往上靠了靠，发现火焰并没有温度。蓝胡子重复了一遍，那不是普通的火。等到火焰燃尽的时候，石锅里忽然有了动静。蓝胡子将盖子掀起，红宝石已经消失，原本死去的老鼠变得活蹦乱跳。然而没能坚持几分钟，它又再次睡去。蓝胡子叹了一口气，说，以红宝石的能力，只能到这个地步。这是我有生以来见到的为数不多的神迹，我并未像他一样泄气，阴暗的火光下，那只老鼠似乎还在我的眼前跳动。

就在蓝胡子展示奇迹的那天，婶婶下来敲门。红心回来了，她说。蓝胡子忙于实验，没有理睬。我跟着婶婶上楼，红心正站在客厅，看上去很虚弱，脸庞黝黑，是脏水晒干后留下的污渍，裤腿处也沾满了泥巴。婶婶问，找到了吗？红心说，找到了，就是铁锹坏了，没有挖出来。婶婶帮他换下衣服，说，不要紧，先在家休息几天。红心说，妈，待会你去买两副铁锹，我明天就走。说完后他看向我，问，你帮帮我，跟我跑一趟。我说，你在忙什么事情？他说，我先睡一觉，明天再解释。我有些为难地说，我在帮叔叔做实验。红心听到后，多看了我一眼，说，不用管他，你明天跟我走。语气强硬，令我难以拒绝。

第二天，我匆忙收拾了行李，跟着红心离开了镇子。红心对这一带的地形很熟悉，不用找井也能辨认出方向。我们朝北骑行，为了阻挡风沙，戴上了厚实的面罩，汗水沿着面罩流到脖子里，有些发痒，像一条条虫子在爬行。半天工夫，穿过了风沙地带，我们摘下面罩，阳光不再讨厌，但依然有些睁不开眼，好在马蹄终于落在草地上了。不声不响走了一段路后，我终于忍不住，我说，哥，咱们到底去干什么？他说，去挖金子。我说，哪里还有金子可挖？他说，我找到一处地，你很快就能见识到了。我说，你和叔叔一样，对金子着迷。他笑了一声，说，在井字镇，金子是不能当钱来用的。我说，为什么？他说，这是我爸立下的规矩，大家都听他的。我说，我听别人说，整个镇子都是叔叔建造的？他说，他只是做了些工具。我说，像什么？他说，镇子上有个塔楼，塔楼上藏了一挺机枪，每天有人在那儿看守，你刚来这个镇上的时候，枪口可盯了你好一会儿。我说，这一点倒是跟我义父很像，他也总是在为战斗做准备。他说，那是以前了，现在我爸只为这个着迷。红心比画了一个黄金的手势。

到了傍晚，我们抵达了目的地，位于一片山脚下，旁边是一条河流，红心在这儿挖了几十个泥坑，贴着河流朝外分布，很有规律。红心说，这是为了确定金子的位置，先从河床中挖出泥沙，分析其中金沙的含量，如果方向正确，金沙的含量会越来越高，最后就能找到矿脉。经过半个多月的挖掘，红心已经离答案很近。我们走到尽头的一个深坑，红心说，金子就藏在这下面。接下来的半天，我们一人一把铁锹，不停地朝下挖掘。深坑越来越大，足以把我们两个人淹没。掘地两米深的时候，红心找到了一小块金矿，指甲盖那么大，小小的一粒就让我们焕发活力。天色渐渐暗了下来，视线变得模糊，红心怕有疏漏，提议先休息一晚，明天继续挖。

当晚，我们坐在篝火旁，月光如水，山野安详。夜空离我们很近，好像可以直接和星星对话。树木沿着山脊排开，宇宙像一面深蓝的镜子，就藏在山谷的另一边，骑马入镜，一路向上，便可直达天空之国。这时我又想起了义父，在我们住进马场前，曾经度过了无数个这样的夜晚。义父说，有篝火的地方就是家。火焰旺盛，人就睡得踏实。习惯了在旷野中入眠，到了屋顶下以后视野受限，反而令我失眠，总觉得天花板要掉下来，心里惴惴不安，人也容易做噩梦。红心将篝火上的铁盆拿起，给我盛了一碗热汤。他说，谢谢你，不出意外的话，明天就能挖到金矿了。我说，这钱你打算怎么用？他说，这不是钱，这是金子。我说，难道不是一码事？他说，我爸的病，钱可治不了，得靠金子。我说，叔叔有什么病？他说，你去过他的实验室了，也知道他在干什么吧，他想把铅变成金子，这就是最大的毛病。他接着说道，为了搞他那些实验，镇上的金属都快给他用完了，到时候咱们连房子也造不了。我说，但我亲眼见他把铅变成了白银。红心说，你在外面生活了这么多年，更高明的骗术都见过吧？我说，叔叔确实做了一些东西出来。红心说，他过于傲慢，所以这回把自己也给骗进去了。

睡了一晚后，天一亮，我们就开始干活，抄起铁锹，反复插入泥中，再往头顶抔去一铲泥石，地下的土很新鲜，味道也更大，像远古生物的粪便。相比于昨天，我不再有干劲，力气也少了一点。我不知道红心到底要做什么，也不知道蓝胡子能不能点石成金。我的思绪越来越混乱，我开始自问，要不是蓝胡子声称能让义父复活，我还会相信炼金术吗？在我小的时候，我在格子镇上看过一次魔术表演，一个穿着夸张的男人站在一个箱子里，一把铡刀把他的头和身体一分为二。神奇的是，被分离后的脑袋依然能说话，身体也能正常活动。当时我正处于好奇心最重的年纪，义父也清楚这一点，赶忙将我带出了人群。他不停地向我强调那是种障眼法，万万不能当真。为了阻止我将头砍下来证实，义父甚至推理了几种合理的解释，例如箱内藏有机关，或是有替身之类。时至今日，我还是经常想起那场表演。也就是说，假如蓝胡子真的把铅变成了金子，我比其他人还要更容易接受一些。

就在我胡思乱想的过程中，红心挖到了金矿。他用铁锹使劲往下边敲了敲，声音和别处不一样。他把双手插进土里，用力举起一块大石头，在我面前一分为二。如他所料，里面露出了光泽鲜艳的金子，仿佛是这块石头的馅。我接过一半，用力感受了一下它的质地。我说，大功告成了。红心点点头，似乎若有所思，然后说，可能才刚刚开始。就在我们回去的路上，红心向我透露了他的计划。他准备将金矿带进实验室，偷偷放进蓝胡子的烧杯当中。实验过后，他就会以为自己掌握了炼金的能力，随后他就会发现，除了把铅变成金子之外，炼金术什么也实现不了。等到那时，他就会把精力用在有用的地方。听完这个计划后，我忍不住和红心争吵了起来。我说，叔叔有他自己的计划，我们别掺和这事。红心说，我已经决定了，没有人可以阻拦我。我说，要是他真能把铅变成黄金呢？红心说，不可能，这世上没人能做到。我说，叔叔做了很多别人做不到的事。他说，我不想他这辈子就琢磨炼金术，八年了，他每天都在实验室里，我妈一个人干完了所有的活，镇上没有一个男人像他那样。说到这里，红心勒停了马，跳下马背，从袋子里拿出一块金矿，递到我面前，说，你要是不肯帮我，那么最好现在就走。红心的语气变得陌生起来，胸口憋着一口气，像是被我触动了积蓄多年的怒火，他认真起来的神情和蓝胡子一模一样。我毫无办法，冷静地思考，这的确是他们的家事，但我仍有些不甘心。我没有拿他给我的金矿，并向他允诺不会干扰此事。红心还是将金矿塞进了我的马鞍里，说，我用不着这么多。

我们再次上路，穿过树林后，沙尘暴仍未消停，我又见到了那些井，像排列在黄色衣服上的纽扣，将这片土地紧紧缝合。仿佛又回到了和义父告别的那天，我的失落连自己也无法解释，好像不得不咬紧牙关去承认一些事情，打消荒唐的期待，向沙漠里的仙人掌学习，高举双臂，腰杆挺直。但越是如此，我越能看清自己的懦弱。死亡是不可更改的事情，义父的话又一次在我的耳边回响。回到井字镇之后，我不再踏进蓝胡子的实验室。婶婶一早就知道红心的计划，仔细地跟他商量对策，排除万难，誓要将蓝胡子从实验室里带出来。虽然没有刻意躲着我，但我总觉得他俩对我有所防备，好像我是跟蓝胡子一伙的人，就是在屋子里站着，也显得多余。可能就是那时，我决心要离开这里。

在我打定主意后，又发生了另外一桩事情。我们回到井字镇没几天，镇上来了一位吟游诗人。这是他第一次来这里，要不是镇上的人想看表演，驿卒本不肯放他进来。我站在人群中，朝远处的塔楼上望了一眼，那里果然蹲着个人，毛毯下裹着铁家伙，只露出一根细长的枪管，若不仔细看，还以为是窗台里伸出的晾衣杆。吟游诗人拿着一把破提琴，在镇子中心的雕像下弹唱。旁边围坐了五六排人，男女老少都有，这里虽然偏远闭塞，倒也遵循着和大城市一样的规矩，大家把武器丢在一旁以示尊重。吟游诗人的琴声悦耳，悠扬婉转，用的都是些节奏明快的词汇，只要听过一遍，第二遍就能跟着轻轻哼唱，小镇在歌谣声中变得一派祥和。唱到后面，吟游诗人把提琴换成了口琴，开始讲述世界各地发生的传奇故事。我坐在台阶上听了一下午，临近太阳落山的时候，我有些犯困，几乎睡着，朦胧中听到几句歌词，一下子清醒了过来。吟游诗人正在吟唱一首名为《坚硬如牙》的叙事诗，一个猎人用牙齿接下了一颗子弹。唱到最后，又接上了另外一首歌谣，但主人公没有变化。依然是那个猎人，经历了格子镇的战役，一路逃亡，老年在湖畔开了一座马场，最后被仇家找上门，死于一场决斗。

表演结束后，我从台阶上站起，穿过熙攘的人群，来到吟游诗人面前，他以为我是来赏钱的，把帽子伸了出来，我掏出几块钱投了进去。我说，刚刚那首歌谣，你是从哪听来的？他说，从格子镇的酒馆老板那儿听来的。我说，能不能委托你一件事？他说，什么事？我说，杀死这个猎人的凶手，他的下落你能不能打听到？他说，不难打听。我从布袋里掏出金矿，在他眼前晃了一圈，说，我在这里等你，你查清楚后回来找我，金子就是你的。为了表示诚意，我又朝他的帽子里投了两张纸币。他笑了一声，说，你和这位猎人什么关系？我说，这你少管。他搂着我倚到一旁，说，他是你的义父吧？我没有说话。吟游诗人接着说，你放心，我不惹事，我只要你手里的金矿。说完之后，他又吹起了口琴。

之后的日子里，我每天都在等待吟游诗人归来。我开始重新练习枪法，回忆义父教我的姿势，掏枪、转轮、收枪。某天下午，我正在大树下练习，蓝胡子朝我走来，他脱下了那顶挂满工具的帽子，头发很蓬乱，前额已经秃了，完全是另一副模样。蓝胡子说，实验失败了，我觉得有必要和你说一声。我不敢接话，因为我望见红心正站在窗口，目光凶狠地盯着我。蓝胡子继续说，点金石炼成了，金子也到手了，但这块石头除了炼金外什么也干不了。他摊开掌心，里面是块金黄色的石头。我说，既然失败了，就做别的事情吧。他说，不算一无所获，把金子和别的金属按比例熔合，可以得到更坚硬的金属，这是我无意中发现的。我说，那没什么用。他说，不用这么早下结论，蒸汽机刚发明的时候，人们只想到用它来抽水。

蓝胡子离开实验室之后，人也好了，开始研究植物，每天跑树林里去搜集植物标本。其间也帮着街坊邻居做了些好事，例如改善了小镇的排水系统，下暴雨的时候街道不再水漫膝盖，并且很快就派上了用场，六月里，小镇迎来了雨季，一连下了半个多月，要是换在以往，大家已经在街心捞鱼，而现在依然可以正常出行。等到雨停的时候，吟游诗人回来了。那是一个晴朗的午后，我在雕塑下等他。这回他是推着木制轮椅来的，他唱了不该唱的歌谣，得罪了人，双腿被人弄断了。吟游诗人就指着两件东西活，一个是嘴，一个是腿。但为了我手里的金矿，他还是跋山涉水来到了这里。吟游诗人已经查清了真相，义父是被另一个猎人杀死的，是他的仇家，那位猎人花了数年时间追查义父，最后在马场里决斗。获胜后，他没有离开，在马场当了新主人，现在就住在那里。我攥着拳头听完他的讲述，面色大概也不好看。吟游诗人被我吓到，说，我只是来传达消息，我不是你的敌人。我掏出金矿，按照先前约定，给了他应得的报酬。

当天晚上，我就把复仇的想法告诉了蓝胡子，准备第二天一早就出发。蓝胡子听完后，领我去了实验室，从角落的柜子里翻出一挺步枪。我说，用不着这个，我要跟他决斗，像义父那样。他说，连你义父都没办到，你哪来的本事赢他？我说，你这儿有别的武器没有？他沉默了一会儿，说，决斗比的是什么？我说，比枪法，掏得快，瞄得准。他说，瞄哪？我说，脑袋。蓝胡子托起下巴，开始思考什么。我说，其他部位就算打中了，也有力气还击，不保险。他说，你是去报仇的，不必在意形式。我说，我要一场名正言顺的决斗。他说，你跟你义父一样倔，你把枪给我，明天来取。

一夜过后，我向蓝胡子一家道别，为了不让婶婶担心，我没有告诉她真相，并且允诺了一个回来的日期。临行前，除了改良好的手枪外，蓝胡子还送了我一顶圆顶帽，他说这是义父生前的帽子，棕黑色，帽身很高。他双手平举着，我低下头，他将它戴到我头上。这能给你带来好运，他说。我内心平静，没有说太多话，又担心婶婶起疑心，不敢正视，怕流眼泪。我迅速地骑上马，离开井字镇。穿过沙漠的时候，阳光猛烈，那些井又出现在我眼前，有如初见那般，它们从来都是归途，而非末路。

人在返回故乡的时候，身体会发出信号，血液的流向也会随之改变。井字镇的一切犹如一场幻梦，我沿路而来，没有久别重逢的壮阔，好像时间也跟着倒退了，义父和我似乎只隔了一晚的距离。人一旦起了杀戮之心，眼前的景观就会变得不一样，如同当初第一次拿起猎枪一样，子弹更像是代替人豁出去了。我回到了熟悉的地方，树木沿着道路排开，阳光明媚，来自遥远的雪山边缘，马蹄踏过浅浅的溪水。风迎面而来，胸腔有劲，身体里像有火焰在燃烧，止不住地颤抖。每往前一步，我对义父的思念就加重一分，我想象他仍旧坐在马场门口，手里把玩着他的马鞭，静静地等待夕阳从天边落下。

　　傍晚时分，我踏进马场，马厩已经空了，我把铜爵拴在里面，就在它原来待的位置。它没有人的仇恨，可以替我回到这里，与过去的影子重逢。义父种的鼠尾草还在园子里，但全然是另外一种气息了。我站在台阶上，敲了很久的门，没有用蛮力，似乎还把它当作家来对待，但始终无人应答。突然身后传来马蹄的声音，我转过身，马背上坐着一个穿黑马甲的中年人，眉毛粗黑，眼窝深陷，左脸颊有两道刀疤，八字胡已经快要连上耳朵，样貌和吟游诗人描述的一致。

他抬了下帽檐，专注地盯着我，从右边门柱骑到左边门柱。我报上义父的名字，说，这不是你的房子。他说，你又是谁？我掀开衣角，露出枪套。他说，是来寻仇的？他并不震惊，神情自若，好像每天都有人来上门决斗一样。他把马拴在了一旁，一边装填弹夹，一边和我拉开距离。决斗开始了，我的手掌开始出汗，我没有把握，有的只是视死如归的决心。他说，我每杀死一个人，就会有一个人来寻仇，既然我还活着，他们的下场你也明白，你年纪这么小，真的准备好了吗？我说，你来倒数。

他喊，三。我把手往枪的位置上靠，眼睛盯着他的额头，那是子弹将要去往的位置。义父说过，只要精神足够集中，时间就会慢下来，但我不是每次都能进入这样的状态。他喊，二。除了食指外，我将其余手指慢慢弯曲，确保没有多余的动作，身子稍稍向右倾斜，让腰部更好发力，左手也做好辅助的准备。他喊，一。这是死神的数字，无数人死在这一声上面。我清空大脑，几乎是由身体的本能主导，抖动手腕，迅速掏枪，在我将枪抽出的同时，我也将食指扣到扳机上，因为发力有些僵硬，我并没有完全扣上。此时他已经将小臂伸直，枪声响起，但离我很远，我意识到自己输了，几乎绝望地扣下扳机。白烟沿着枪管升起，房檐上的鸟发出扇动翅膀的声音，尘土扬起，当远处的山谷送来回声时，那人在我的视线中缓缓倒地。

　　我以为我死了，但我的脑袋上只是被敲了一下。我摘下帽子，将帽檐内侧对准太阳，正前方有一个弹孔，还有一小块子弹的碎片。我用力扯开毡帽，发现里面夹着一块金属皮，分量不重，但很坚硬，是我没有见过的种类。我把它从里面拽出来，敲击之后发出清脆的声音。我摸着铁皮思索着，走到了那人的尸体旁，子弹就落在额头上，夹在几条抬头纹中间，他的眼睛还没来得及闭上。我不能说自己赢了，但我确实报了仇，也许复仇之后的滋味就是这样的，那时我才终于想起义父说的话，复仇本身就是一座悬崖。冷风吹起被帽子压弯了的头发，我抓住他的脚踝，把他往马场外的野地里拖。霞光照耀处，树和房屋一样宁静，天空和湖面仿佛镜子的里外，我朝对岸看了一眼，我的船还停靠在湖边。

　　不久之后，我回了一趟井字镇，骑马穿过沙漠，一路盯着脚下，那些井却像消失了一样，无影无踪，我遁入了宏大的虚无之中。记忆里它只出现过一次，我从马背上下来，攀到井上，仔细勘察每一块石头，怎么也找不到那句话。我朝井里探了探，里面漆黑一片，什么也望不见。不知出于何种力量的驱使，我掏出枪，趴到井上，将右肩膀整个沉进井中，然后扣动扳机。枪响过后，世界又宁静了一阵。井没有说话，但我听到了水的声音。

不可含怒到日落

一

十六岁那年，我掌握了一个本领。不管多么重要的人，只要从我的生活中突然离开，我就当他已经逝去。我在心里为他立一块墓碑，每日上前祷告，跟他说些话。这是种省劲的排遣，死亡是无可挽回的终点，不必纠缠不清，也不必愤愤难平。乘坐小行星离开学校的那个下午，我躺在巨大的纸片上，身上缠满了胶带。就在那转瞬即逝的片刻里，我看清了天空，也认清了地心引力。我想，我就当自己死了吧，我为自己立块墓碑，从此以后，我只和自己讲话。

小行星是我们制造的一架巨型纸飞机，如果时间充裕，可以申请世界纪录。纸片是从美术教室偷出来的，就在课上到一半的间隙，我灵光乍现，拍着工得翼的肩说，这个我要了，下课后你帮我想想办法。铃声响后，学生拥出教室，用剩的颜料随地摆放，老旧的木门嘎吱作响，这一切都让偷盗变得很不容易。王得翼打开窗户，把纸卷好，对准外边猛地一戳，好像下边有什么人会接住一样，但我隐约听到一声沉闷的声响。王得翼说，放心，摔不坏，我们下去捡。

回到宿舍，我把它立在地上，这纸不如我想象中大，我又在周围多粘了几张，才凑够理想的大小。王得翼问，你要画《清明上河图》？我说，我要折纸飞机。他问，飞得动？我说，不仅能飞，还能载人，我要坐着它飞到学校外面，来，你捏住这个角。我把纸片的一端塞他手里，手脚并用，在上面折出第一道折痕，就像叠一条厚重的被子，折法我已烂熟于心，先对折，再画斜线，折痕处还得用一些钢片加固。折好以后，我就躺到飞机上面，王得翼用胶带把我绑在上面，就像给粽子缠绳。过程并不轻松，王得翼做到一半就开始抱怨，他说，费劲，还不如裹条被子，我把你扔出去。我说，操，这也是个办法，可是来不及了，你去前面哈一口气。他说，这根本没用。我说，你甭管。他说，要是飞机失事，你可能会没命。他又问我还有什么话要说，我想了想，说，我们要做对人类有益的事。他重复，我问你还有没有话要说。我说，没了。

王得翼跑到飞机前面，张大嘴巴，象征性地做了做样子。随后叫来隔壁宿舍几号人，他们把我举过头顶，从宿舍门口起步，加速冲向窗口。我就这样从三楼飞了出去，我的眼睛立刻敞亮了起来。宿舍太阴暗了，我整个高中就待在这样阴郁的地方，学数理公式，也学诗词歌赋，像猎人提枪打猎，目的是为了干掉别的猎人。天空像一张铝箔纸，阴沉而又光滑可照，闪得我不由得皱紧眉头。我的灵魂在那一刻离开躯体，它高高在上，嘲笑一具肉体的笨拙，费了那么大的周折，只为了飞出两米高的围墙，而灵魂轻盈如羽，随时可以去往任何一个地方。

我跑出学校，是为了见一个人，这人是我的同学刘青彤。学期开始，我们当了同桌，再后来我们谈了恋爱。她长得漂亮，成绩也不差，就是性格有些古怪，跟父亲早逝有关。那是一个阴郁的午后，父亲带着她去山里玩，走到一半，父亲跑林子里解手。她追着蜻蜓来到湖边，玩了一会儿水，感觉不对，回去找父亲，人已经没了，倒在一棵树下，身体绷直，大小便失禁，不知道怎么死的。警察来了以后，调查半天，找当地居民，问下午有没有不寻常的事。有个人说，三点左右，有一响鞭炮，不知道谁放的，格外震耳。后来尸检报告出来，果然是爆炸声引起的，耳膜已经被震穿，促发了恶性心律紊乱，心脏发生室颤而致猝死。

这事发生的时候，刘青彤还小，不到十岁，此后每年春节，鞭炮声把房间窗户炸得哐哐作响时，她都觉得自己要尾随父亲而去。为了克服恐惧，她在裤子口袋里放了几个甩炮，这个习惯一直持续了好几年，谁要是拿她父亲说笑，她就掏出一个甩炮，在大地上制造一声惊雷。就是有一次她不小心摔倒，裤袋里的鞭炮也炸了起来，把大腿弄得血迹斑斑。我们恋爱以后，刘青彤跟我说，她要认真念书，将来发明没有声响的鞭炮，世上再没有人会被鞭炮声震死。我听得有些流泪，但是也告诉她，如果鞭炮没有声响，那也没有了意义。刘青彤说，做不了鞭炮，做烟花也行。

我们恋爱期间，几乎无话不谈。几个月之前，她不像现在这样活泼，那时她是我遇到过的最冷漠的同桌，一天来来回回十几趟，一句话也说不上。苍蝇飞到我桌上，我挥走，苍蝇飞到她桌上，不知道为什么，我手伸不过去。老师让我们交换改作业，她也不肯，说，我们各改各的就行了。有时她很偏执，对着一道题琢磨好几节课，笔尖滴不出半个字，反倒是眼泪先流了下来，落到练习册上。我有些不明所以。她说，我不是因为做不出题，我想起了别的事。我把纸巾递给她，她摆了摆手，说，我有。她从桌肚里抽出两张纸，把头发挽到耳朵后面，那时我看见她耳朵上戴着一个星形的耳钉。学校里不让戴首饰，班主任管得尤为严格，她把耳钉藏在头发里面，就像在裤兜里揣俩鸡蛋，除了让自己更提心吊胆外，不知道有什么好处。

某个星期六的午后，学校放一天半假，学生陆续回家，教室里没什么人。我在座位上嚼口香糖，刘青彤在我边上，一动不动。我问她，你怎么不回家？她说，我在把知识装进脑子。我说，要不要先往肚子里装点食物？我并非诚心邀请她吃饭，只是觉得这样回答很俏皮。刘青彤站起来，拿起椅背上的衣服，问，去哪吃？她的反应有些出乎我的意料，我搜肠刮肚，只想到学校旁边的一家面馆，一对老夫妻开的，浇头放得特别多，就是容易遇上熟人。她说，怎么？被人撞见跟我一起，让你丢人了？我连忙说，不是这个意思。

外面天色有些阴暗，走出日光灯敞亮的教室，她开始变得沉默，一如往常那样。我带她来到面馆之后，她终于有些高兴，说，正好，今天是我生日，得吃面。我说，祝你生日快乐。她说，用不着。然后就开始打量菜单。她总是这样，话里有刺，让人不敢多说。面上来以后，我开始思考，今天究竟是不是她的生日，为什么不回家跟爸妈吃饭？或者邀请两个朋友，买个蛋糕吹蜡烛，也算个好主意，总不该像现在这样，和一个从不讲话的同桌，坐在一家冷清的面馆里。我支起筷子，故意把面架得很高，假装吹面，实则是透过面条间的缝隙看她，她的穿着确实比平时靓丽些，一条牛仔背带裤，里面是白棕色的条纹T恤。她把马尾高高扎起，露出两个漂亮的耳钉。她说，吃完以后你能不能跟我去个地方？我问，去哪？她说，去哪我也不知道，待会儿你就跟着我，不要闹，好吗？我说，闹什么闹，我又不是小孩。

走出面馆，我跟着刘青彤往学校方向走，学校边上的小卖部，有一辆卡车正在卸货，学生差不多走完了，校门口空无一人。我不知道她要带我去哪，这明明是回去的路线。就在我们经过卡车的时候，她抓住我的手臂，带我绕了一小圈，走到了卡车后面，车门已经合上了一半，上面粉刷着车牌号码，有些掉色。她顿了几秒，拽我胳膊的手更加用力了，突然奋力往车厢里一跃，我一个踉跄，差点绊倒在地。等我反应过来的时候，周围已经暗了下来，漆黑的车厢里弥漫着朦胧的灰尘，我们藏在那扇车门的背后。刘青彤让我贴着墙，我有些惊恐，问，这是干什么？她说，嘘，别说话。过了一小会儿，司机来了，把另一侧的门也合上，车厢里彻底暗了下来，缝隙间漏出的光线把地面劈成两半。

车开动起来后，为了保持平稳，我们靠在角落。我说，你刚刚讲你也不知道去哪，原来是这个意思。她说，我爸生前是个货车司机，这工作不轻松，但一趟能赚好多钱，他经常疲劳驾驶，我和我妈都觉得，他早晚得出事。我小心翼翼地问，你爸他已经不在了？她说，那时我还小，总是担心他，我就躲到他车里，这样他一有事情，我立刻能知道。我问，你没有被发现过？她说，有一回他在一个陌生地方停了很久，我差点热死，就先下了车，那是一个小区，我看到他走了过来，一个女人陪在他身边。我说，我懂了，你爸出轨了。她说，我不能原谅他，从此以后，我不再坐他的车。她又说，他去世以后，我又想起这件事，开着一辆大卡车跑别人家里，他一定很爱那个女人，如果有机会，我要去见见她。

那天在车厢里，她滔滔不绝地讲起了她爸的故事，但她爸死于鞭炮声，我是后来才知道的。因为还没聊到这个份上，她就已经哭得不行。我们都没有带纸，她把自己的衣袖擦湿以后，我就把自己的袖管伸上前去。汽车在颠簸，我变得紧张起来。我轻轻地拍打她的背，又捏了捏她的肩，这没什么用，只是出于好玩，她的肩膀很薄，一只手掌正好握住。她吸了吸鼻子，问，你在干什么？我说，打发时间。她说，拜托，做点有用的事。我问，什么事是有用的？她也许思考了一下，但什么也没有说。

我扶着地面，慢慢起身，站到她的面前，从缝隙中倾泻进来的那条光线把我一分为二，它让我的视线变得更模糊。我什么也看不见，好像是对着一面墙壁在说，别怕，我会保护你。她笑岔了气，然后开始咳嗽，咳完以后说，你怎么保护我？一大段的沉默过后，我说，行船看帆，走车看道，以后我也可以开卡车，你上我的车，不要上别人的车。她说，以后我谁的车也不想上，就那么几平米的地方，又黑又窄，不知道什么时候能下车。我说，你要是想去海里，我就开潜艇，你要是想到天上，我就开飞机，这世上也不是哪里都像这儿一样昏暗。说完以后她沉寂了一会儿，然后抱了抱我，我没有准备，在黑暗中瞪大眼睛，正当我也想把手放到她后背上时，她把身体挪了回去。

半个小时后，车在服务站停了下来，我和刘青彤都已经渴得不行，趁着车子熄火，悄悄溜了出来。不知道是不是车厢内缺氧的缘故，我的脑袋突然剧痛，昏昏沉沉，周围的建筑物完全认不出来，连颜色都觉得陌生。我家附近的房子，是不可能涂成棕色的，这事最让我心慌。那一年我十六岁，除了一次外出走亲戚，没有独自跑过这么远，但一想到刚刚说出的豪言，只好装作镇定。我说，我们得走回去了。刘青彤说，本来就是要走回去的。我说，最好在日落之前回到学校。她说，要是回不到呢？我说，腿比路长，总能走到。她说，我拉着你跑这么远，你倒是不生我气。我说，今天是你的生日。她说，今天要不是我的生日，你还让着我吗？我说，那也得让着你，你是女生。她说，你这话讲得不对，女生就得给男生让着吗？我说，那我怎么说才对？她说，你要是喜欢我，你就牵我的手。说完，她突然一屁股坐到地上，伸出一条胳膊，对准我的胸口。

就在我愣神的三秒钟里，我的思绪像一把刻刀，切开了十几年的光阴。五六岁的时候，在庭院里玩累了，我就双腿一盘，席地而坐，裤子上全是泥。我爸看见了，把我倒着拎起来，拍我裤子上的灰尘。实际上那是一种惩罚，因为灰尘根本拍不了那么久，这事让我收获了不少教训，比如屁股后面不能沾灰，比如眼泪可以从上眼皮里流出来。我牵起刘青彤手的一刹那，心里舒坦了不少，好像她在地上多待一秒，就会被人倒着拎起来。她的手掌温热，比我的小一圈，我分辨出手指、关节和掌纹，用力握了一下。这是稀里糊涂走了一步棋，是好是坏，还得看几步才知道。最重要的是，落子无悔，开弓没有回头箭，我牵了她的手，就得承认自己喜欢上了她。

我们沿着高速公路往回走，车在车道上驶，我们在围栏外面走，地上的杂草长得很结实，风吹过也丝毫不动。刘青彤开始讲家长里短，也讲学校老师的八卦，我没有听进去，因为高速上太吵，车速是一种声音，在我耳朵里刮来刮去。刘青彤的手心开始出汗，我没有松开，好像手里抓着的是个玻璃杯子，一放下就要碎掉。

走了半个多小时后，太阳变成了夕阳。我家中的书桌前有一扇百叶窗，日落的时候，阳光切割成一格格照进来，太阳会在某一格当中落下，我趴在书桌前，读取黑夜的进度条。那天我见到日落的时候，脑海里也有个进度条。

刘青彤问，你谈过恋爱没有？我说，没有，女孩子的手也没牵过。她又问，今天牵了，什么感受？我说，觉得之前都白活了。她说，出息，谈了恋爱，以后我们就是差生了。我说，小学二年级后，我就没拿过奖状了。她说，我比你多拿了两年，上小学时我可聪明了。我说，你现在也很聪明。她说，我不聪明，我以为月亮是太阳变的，后来发现夕阳出现的时候，月亮也会在天上。她说完后，我朝天空望去，一抹白色的月迹若隐若现，像是从云朵里掉落出来的一小片。那天我们走了五个多小时，在我和刘青彤分别之前，丝毫不觉疲惫，回到家后，双腿像灌了铅，躺到床上，觉得能在床单上凹出两个深坑。

从那之后，我和刘青彤没法再好好做同桌，上课时在桌下递字条，午休时在本子上下井字棋，每到我要赢的时候，她就抓住我的手，不让我画圈。期末考试，我和刘青彤考了班级末尾。班主任大怒，把她叫到办公室去，早恋的事情也搬到明面上了。班主任说，你爸不在了没人管你，现在找人瞎谈恋爱？这事触怒了刘青彤的神经，她下意识地将右手伸进裤兜，时隔多年，那里居然仍揣着一个甩炮。她觉得不可思议，迅速将它摸了出来，用力朝地上甩去。那一声巨响让班主任有些狼狈，仿佛核武器降临古代战场，他怎么也没想到会发生这样的事情，吓得一脚蹿到了椅子上。刘青彤笑得弯下了腰，她回到教室，告诉我她被学校开除时，仍然笑意未尽。

那一年我十六岁，坐在教室第四排，靠窗，风景好，可以望到江，要是有大船开过，这一排的同学都会贴到玻璃上，碰上年轻的老师，会停下讲课，和我们一起看。我的语文课本下藏着两本外国小说，因为集中不了精神，一学期也没有看完，再往下的课桌里，有一副用坏的耳机，我们用它翻花绳，但经常被同学呵斥，因为据说翻花绳会下雨，一旦下雨，体育课就上不了了。刘青彤被开除后，一直到现在，我们没有再见过面，但这些记忆像掌纹一样抬手可见。很长一段时间里，我都把她遗忘在记忆的角落里，常常因为另外一些事把她带了出来。在我的书桌上，有一本过期的日历，摆了十年，我妈给我整理书桌时，无数次将它扔进纸篓，又无数次被我抢救回来。到了后来，已经成为一种惯性，我不知道它为什么如此重要，需要稍加思考，才会想起来，这是有刘青彤的那一年，好像只要留着它，她就会从里面蹦出来一样。

二

一个礼拜二的上午，刘青彤说不想上下午的课了，让我想想办法。我说我有什么办法，一节课四十五分钟，熬一熬就过去了，我给你两个核桃转转。刘青彤说，我手小，转不动。我说，弹珠我这儿也有。刘青彤说，你是不是听不懂人话？我不理她。刘青彤开始摇我手臂，说，你快想想，你鬼点子多。我说好，我去把课程表改了。刘青彤说，这个没有用，换一个。我说，我想不出来。刘青彤说，你要是有办法，我就当你女朋友。我说，当真？她说，当真。

我们班主任是个物理老师，第一天上课的时候，他跟我们说，杠杆这两个字我念不好，以后就念杠杠了，于是我们给他起外号叫杠杆。杠杆的儿子上高一，比我们小一级，教室就在我们班楼下。暑假的时候刘青彤去杠杆家补过两次课，有一些交集。杠杆的儿子看上了刘青彤，给她写情书，情书没到刘青彤那里，先到了杠杆手里。杠杆找刘青彤谈话，让她把心思放在学习上。刘青彤说，我对你儿子没有兴趣。说完后她就后悔了，话虽然没错，但讲出来不太对味。杠杆瞪了她一眼。刘青彤跟我说，那眼神的意思是，她接下来不会有好日子过。刘青彤不肯再上杠杆的课，一是难为情，二是怕被报复。我说，躲得了初一，躲不过十五。刘青彤说，能躲过初一，就能躲过十五。

中午放学后，我溜出校门，去了一家小超市。我对老板说，把你们这最响的闹钟拿出来。老板从墙上给我扒下来三个，说，这几个都好用。我拿起其中一个方的，调开闹铃，声音很响，但不够尖锐。我说，有没有刺耳一点的？老板把旁边一个银的递给我，说，小伙子，睡挺沉啊？我说是，一般闹钟叫不醒我。我试了下银的，声音密度更大，而且是金属音，听久了脑袋疼。最后一个是卡通猫的造型，看上去没什么气势，闹铃放出来是一段音乐，音量不高，但旋律抓耳。我说，还有别的没有？老板说，没有了，别的都是电子的。我有些犹豫，又把三个闹钟听一遍。老板大概是嫌我吵，说，声音再大就打扰邻居了。我说，三个一起响是不是更吵一些。说完，我开始实验，把三个闹铃全部打开。老板说，你是来捣乱的？我说不是，我真要买。我掏出两张一百块纸钞后，老板的态度才好了一些，问我要不要包装，我说不用，你给我拿个袋子就行。离开超市的时候，我才发现其他人都在看着我。

买完闹钟之后，我又去了一趟花鸟市场，穿过那些精贵的门店，我一路朝里走，挑了个最朴素的摊位，老板是一个年轻姑娘。我说，这儿什么鸟最便宜？她指了指一旁的小笼子，说，山雀，十五块一只。我说，有更便宜的没有？能飞就行。她说，没有了，这是最便宜的。我说，有没有那种视力不好的鸟？一出笼子就四处乱飞。她说，这我可不懂，谁研究这个？我说，你们出来做生意，生物学基础没有打牢。她笑了一声。我说，就要山雀了，我买三只，四十块怎么样？她说好，问我饲料要不要。我说不要。她说，没有饲料养不活。我说，我不养，买来放生。

我右手提着三个闹钟，左手拎着三只鸟，我人就是个天平，两边的分量也刚好。趁着同学午睡，我回到了教室。我是班上的生活委员，班主任给我这个职位，纯粹因为我有洁癖，我不仅自己讲卫生，也爱管别人的卫生。教室的器材也由我负责，我手里有一串钥匙，两把用来开关电视柜，电视柜是铁做的，上层摆电视，下层是个空柜子。我把闹钟调好，时间定在两点半，班主任下午上课的时间。调第三个时，我改了主意，为了增加戏剧性，我又往后调了三分钟。我把它们放进柜子里，两角各放一个，中间放一个，然后上锁，悄悄回到座位上。和班上其他同学一样，刘青彤也在睡觉。

我把鸟笼挂在窗外，牵一根绳子系到窗柱上。两点半的时候，我才把它拿进来，放在脚边，用书包遮挡。刘青彤要跑，我说不要急，再等三分钟。上课铃响后，杠杆走进教室，像往常一样，讲课之前先要唠叨两句，评价一下班级近来的状况。刘青彤掐着我的大腿，可能是觉得杠杆要提她的事了。此时笼子里的鸟叫了一声，杠杆朝我这边看了一眼，我忙望向窗外，假装是外边传来的。我心跟着悬了起来，太阳穴下在出汗。我那时有个本领，谁要是找我办事，不论多难，我准能办成，也就是说，我不太会让人失望。也正因此，我热衷于证明我的本事。但我这本领很被动，要是主动想找点事做，反而干不成。刘青彤这桩事，属于比较冒险的一件，收益也不是那么稳妥，主要取决于我自己。我转过头看她的侧脸，我们已经挨得够近了，谈恋爱还要再近一点，简直不分你我。想到这事的时候，我还是有些怯懦，好像内心还是个小孩，松松垮垮，经不起考验。还有两年我就成人了，我倒是愿意多当几年小孩，但面对喜欢的女生，有时也不得不学着说一些大人话。

　　这时闹钟响了，连我自己也吓了一跳。第一声应该是那个银的，隔了一层金属柜，声音不太一样，像个闷鼓，分贝倒没减弱。十几秒后那个方的闹钟跟着响了，最后响的是那个卡通猫。这几个闹铃的响度，比我想象中的要大。教室已经乱了，前排的同学捂住了耳朵，后面的同学伸长了脑袋，多是疑惑，幸灾乐祸的也有。杠杆骂了两句，我没有听清。他走到电视柜前，弯下腰，试图拉开柜子。趁他不注意，我也弯下身，打开鸟笼，用笔轻轻敲笼子，让三只鸟飞出来。这几只山雀在笼子里待久了，刑满释放，扑腾得特别厉害，有我想象中的那种效果，在教室上方横冲直撞，仿佛一根猛杆后的桌球，从一扇窗户弹向另一扇窗户。教室里已经沸腾，同学们离开了座位，后边的高个子男生站到桌子上，妄图抓住那几只山雀。杠杆指着他们大喊，危险，下来！但是被闹铃声掩盖了过去。不知是由谁起的头，大家一个接一个跑到了教室外边。刘青彤在我边上笑岔了气，我拍了拍她的背，说，别笑了，再笑老师以为是你干的。刘青彤拉了下我的手，说，咱们也去外边。

在走廊里站了没几分钟，想着一会儿怎么跟杠杆过招。杠杆虽是个男班主任，但是心思敏感细腻，事无巨细，讲起话来也唠叨，很难在他那里蒙混过关。而且认死理，更加不好对付。杠杆向我走来，脸上带着怒火，说，柜子钥匙呢？我说，昨晚数学老师问我讨钥匙，我拿去配了。我撒起谎来不仅从容淡定，而且有战术逻辑，数学老师是我们学校的副校长，我料定班主任不敢找他对质。杠杆说，就是说钥匙不在你这？我说，你别急，那家店就在学校对面，我现在去拿，要不了多少时间。杠杆说，你赶紧去，我还要上课。我说，出校门得要证明。他说，不用，我给保安打电话。我穿过走廊，走到队伍后边，拉起刘青彤，撒开腿就跑。班主任在后边大喊，一个人去就行！我俩装作没有听见。

就这样，我把刘青彤带出了学校，踏出校门后，她一蹦三尺高，差点骑到我头上。她说，我没看错，你果然有办法。我说，是夸我呢，还是夸你自己？她说，夸你就是夸我自己，从今以后，咱们一荣俱荣一损俱损，是吧？男朋友。我说，别这么叫，回头人人都知道咱俩早恋。她说，那怎么叫？你名字就俩字，去掉姓就一个树字，难怪你买鸟呢。我说，三只鸟，三个闹钟，加起来两百，一礼拜伙食费，你准备怎么报答我？她说，我请你去博物馆，肯赏脸不？

和我设想的不太一样，我们一下子就知道了该去哪里，像两个惯犯一样，没有犹豫，也不迷茫。刘青彤说的是自然博物馆，那地方我没去过，上一次见它是在新闻里，博物馆上方出现了不明飞行物，在夜空中泛着淡蓝色的光芒。我曾在一本书上看过，外星人在地球迷了路，第一件事就是去博物馆，我们的路线跟外星人一样。离开学校后，我们先去了车站，坐24路公交车。那天我俩的打扮过于学生气，她穿着黑白格子衬衫，裤子是校服裤，我穿了件套头卫衣，脚上一双篮球鞋。这个时间点游荡在校外，无异于一场冒险，不论走到哪都容易吸引别人的目光。我把她的马尾辫放下来，好让她显得更成熟一些。刘青彤说，逃学的感觉怎么样？我说，不敢大口喘气。她说，可惜什么也没带，晚上还得回去，你说学校会怎么处置我俩？我说，先不聊这个。

我望着窗户外的绿化带，思想开始神游。人擅长活在过去，也容易担忧将来，活在此刻是最难的事情。我对班主任倒是无所谓，就是想起父母，心底有些羞愧。他们不再严管我，把我当作明事理的成年人，周末回家，只问我身体是否健康，钱够不够花。照理我该用自律回报他们，让他们省点心思，少掉头发，但我没能做到。高中是寄宿制的，管理比乡下严不少，打架斗殴的时代结束了，每个人都专注于学业。几次考试下来，没有一次超过平均分，当了九年好学生，误以为自己天资聪颖，中考之后重新洗牌，天赋没跟上，终于到了要勤能补拙的地步。有一阵子我不爱讲话，有一种技不如人的自卑在里面。我无法大摇大摆地去做一个差生，厚着脸皮在学校里游荡，遭人指指点点，只顾自己活得潇洒。我仍在试卷和题目之间挣扎，妄图从批卷人那里要到一个好看的分数。即使靠着运气过活，也该侥幸赢上几回，但我始终在末位徘徊。和刘青彤谈恋爱，有些破罐子破摔的意思。此时她正安静地倚在我的肩膀上，发香扑面而来。我右手绕过腰部抱着她，轻抚着她的肋骨，一个人抱在怀中是怎样的形状，到这时才有些明白。

半小时后，我们在郊区下车。博物馆由好几个分馆构成，从外面看上去就是几个几何体，方的圆的都有，像宇航员在月球上搭建的基地。买完票后我们走进去，相比外边看上去的样子，里头要大很多，道路四通八达，往上往下都有路，一时不知道该往哪走。工作日的下午，馆里人很少，最多的是小孩子，有多少小孩就有多少大人，只有我俩看起来身份特殊。刘青彤领着我来到了一个动物馆，进门是一只大象，用模型做的，什么品种不知道，长鼻子垂直于地面，旁边两个大象牙，弧度优美。刘青彤说，好想住进大象肚子里。我说，它不够大，还得再喂几年。她说，多大才能住下一个人呢？她抓住栏杆，身子往前凑了凑。我说，你别动，我帮你拍照。她说，你带照相机了？我伸出两只手，对着她比方框。刘青彤很配合，右手掌心朝上，对着大象做了个展示的手势，左脚朝另一侧迈开，显得人很高挑。她说，拍好没有？我说，别急，调光呢。她说，我手酸了。我说，拍好了。她收起动作。我说，照片在我脑子里，回头给你洗出来。

我们在馆内四处游荡，刘青彤喜欢鱼，在海洋生物那边待了很久。观赏爬行类动物的时候，她紧紧抓住我的胳膊，生怕从土里突然蹿出一只蜥蜴。刘青彤一点也没有刚谈恋爱时的拘束，什么亲昵的举动都做得出来。反倒是我不敢牵她的手，怕出汗太多，遭人嫌弃。逛了两层楼后，我俩都有点累了，买了水靠在长椅上歇息。人一停下来，脑袋立刻又被正经事占据了，一想到晚上还要回学校，我就不免有点头疼。刘青彤说，我们不回去了吧。我说，你想去哪？她说，我不知道。我说，我们没有地方去，逃夜会被处分。她说，都到这个地步了，一不做二不休，你怎么胆小起来了？我说，就算熬过今天，明天也得回去，我们总是要回去的。她说，好不容易出来一趟，你不想多待一会儿吗？我说，周末也能出来，到时候我们去游乐场玩。她说，那不一样，周末不论去哪，我们都是学生。我说，那现在呢？她说，现在我们是大人。我说，我们还不到二十岁，将来有的是时间当大人。刘青彤突然站起来，把瓶子塞我手里，说，我不回去，要回去你自个儿回去。说完就朝一旁的天文馆跑了。

我在长椅上多坐了一会儿，这是我第一次谈恋爱，哄女生这事还没有经验。但我没有改变想法，今晚回去还有得收场，到了明天性质就变了，严重起来会到开除的地步，属于豪赌，绝不能干。我朝周围望了一圈，没看见她的人影。按照刘青彤的脾气，恐怕也不会回来找我。这一天过得比想象中还要漫长，我首先想到的是广播找人，因为从进馆到现在，已经听到了两起找人事件。但当我站起身的时候，我又想明白了，广播找人只能找小孩，找不得大人，大人有他们自己的想法，刘青彤现在已经是大人，绝非喊两声就能回来。我只好也朝着天文馆走去。

馆内的灯光很暗，一整面星空幕景高悬头顶，一面面墙把这里隔成一个迷宫，墙上都是些天体的介绍，还有些屏幕在播放短片。我无意欣赏科学，走得应该要比刘青彤快些。兜了几圈下来，一无所获。最后来到一个无人的角落，没有力气再跑了，我靠在墙上守株待兔。等了一会儿，我注意到旁边放着一个玻璃展柜，底下一束灯光打了上来，但展柜里什么也没有，底下的介绍牌子也摘掉了。我转到后面，拧了一下锁，果然能打开。我在那里站了一会儿，往里踏了一步，刚好可以容下一个人的空间。我再把另一条腿也收进来，一下子有了想法。我跑出天文馆，坐电梯到最底下的纪念品商店，买了套外星人服饰，外加一个头套。这是给小孩子玩的玩具，东西虽然劣质，但是价格不菲，几乎花光了我所有积蓄。我先戴上头套，样貌是最常见的那种类型，眼睛大得跟苍蝇一样，里面一股橡胶味道。随后我旁若无人地换好衣服，下身的装扮很好，是条大裙，正好可以挡住鞋子。

我把矿泉水瓶的包装撕下来，在反面写上三个字：外星人，然后插进展柜下的牌子里。脸藏到面罩里面后，我勇气多了一些，站进展柜里，把玻璃门扣上。我就在这里等刘青彤过来，这是我俩谈恋爱的第一天，缘分这东西虽不可捉摸，但总不至于一天用完。我站了没一会儿，这里路过两对母子，反应并不夸张，跟我合完影后便走了。又过了五分钟后，刘青彤出现了，她低着头缓慢地踱步，似乎在有意浪费时间，视线里什么也没有，就这么闷着脑袋从我面前经过。我清了清嗓子，然后喊，站住！为了不让她听出来，我用力压低嗓音。刘青彤一抬头，被我吓得往后踮了一步。

玻璃柜子大概三十厘米高，加上我原本就比她高一些，她要把头仰得很高才能看着我，两只眼睛瞪得很大，好像在隔着猫眼对视。她说，是你在叫我？我说，这儿没别人。她说，你是谁？我说，牌子上有写。她朝下看了一眼，然后说，我不信，你是这儿的工作人员？我说，工作人员理应在展柜外，怎会跑进展柜里？刘青彤笑了一声，说，你讲话真好玩，那你告诉我，你一个外星人在这儿做啥？我说，博物馆雇我来的，我在这儿站一天就有好多钱，活儿轻松。她说，你老家哪里的，怎么就跑来地球上了？我说，纯粹是万有引力的作用，外星人迷路了，就会跑来博物馆。她说，这事刚听我男朋友讲过。我说，你男朋友呢？她说，吵架了，不知道去哪里了，你这个外星人挺八卦。我说，今天是工作日，你怎么没有在学校念书？她说，我看起来像学生吗？我说，你身上尽是学生气。她说，但你身上可没有一点外星人的气味。

刘青彤问了我很多关于宇宙的问题，我一半是胡诌，一半是从书上看来的。我说，今天在这里遇上，算是缘分，我可以满足你一个愿望。她说，我饿了，给我俩橙子。我说，这个干不了。她说，我看你也没什么本事，别学人当阿拉丁神灯了。我说，你弄错了，这个太简单了，浪费神力，换一个。她想了想，说，我不想当学生了，我想当大人。我说，当大人很简单，你有工作，你能赚钱，你就是大人了。她说，那你给我安排个工作，要轻松点的，钱也要多。我说，这更好办，我带你去我们星球，到那里你也是外星人了，你就跟我一样，往博物馆里一站，每天跟人合合影，下班后就回家数钱。她说，太远了，我才不去。我说，有双休日，宇宙飞船来回接送。她说，那倒是可以。我说，我飞船就在外面，你现在就跟我走，我带你去办入职，好吗？她说，好。我说，你答应了，就不能反悔。她说，我不反悔。

我打开玻璃门，走了出去，摘下头套，空气一阵新鲜。头顶的星空幕正好转到一个特殊的位置，一束蓝光在刘青彤的身旁照耀着，像一段染上了海洋颜色的水草。我冲上去抱住她，并且用力抓住她的手臂，生怕她再跑掉。刘青彤什么也没有说，轻轻地拍着我的后背，然后开始啜泣。我就在那安静地等她哭完，保持着姿势，顺便脱去这一身厚重的装备。刘青彤哭得很认真，头埋在我肩膀上，我衣服上湿了好大一块，很久才干。

那晚我们回到学校，班主任已经下班，算是逃过一劫，不过我的职位被撤掉了。同学说，闹钟响了一下午，最后用铁棍撬开了柜子，我看了下那个电视柜，下面长了个大窟窿。杠杆为了更好地管控我们，在班级里安插了眼线，一整个学期，同学都在互相猜疑。但我并不在乎，那一天过后，我眼里只有刘青彤。要不是为了见到她，我几乎无法从宿舍的床上爬起。我们共用一卷胶带，有时上课无聊，我就在本子上写字，然后用胶带粘掉，字到了胶带上面，她看到了，笑得合不拢嘴。后来她问过我，是不是无论谁坐我边上，我都会跟她谈恋爱。为了表明态度，我矢口否认，并且向她保证，以后绝不和其他女生做同桌，即便这事不由我做主，我也笃定地交出承诺，表示愿意和班主任对抗，就差拿小刀划手指。我们在一起念书时，刘青彤的成绩只比我好一点，但她肯花笨功夫，每天解二十道数学题，背三十个单词，下定决心的那种，不做完不睡觉。不过她也并不激我，说要一起考个大学之类。那会儿我们还小，不知道将来世界会变成什么样，也不懂得如何交出真心，互相搀扶，好一起走完人生这趟孤旅。晚自习下课后，我们散步到无人的地方，一个口袋里塞两只手，试探彼此的身体，以为就是爱情的全部。

三

十年后，我二十六岁。我坐在密林中的长条石凳上，方薇在我对面，聊了好几个小时，大部分时间是我在讲。方薇是我舅介绍的，尖脸，大眼睛，下巴上有颗美人痣。以前我总是觉得，像这样长得好看又愁嫁的女生，多少有些性格上的问题。见她之前，我相过几回亲，两人坐到一起，交换彼此的联系方式，是为了以后再也不联系，实在有些荒谬。在长辈眼中，到了这个年纪，不能再对婚事毫不上心。他们轮番说教，但没人能抵住我的长篇大论，只要比喻用得贴切，事例讲得动人，耳根子就清净不少。方薇是我舅一个朋友的女儿，亲戚们说，这人可以治我。我舅特意找人算了命，八字相宜，十分投机，这事花了他不少钱。也就是说，不好推托。

我去见了她。喝完茶之后，我们到树林里散步，踩着枯叶和泥土中突起的石头，鸟群在树梢流转。这期间我了解到她的履历，大学念的是心理学，工作在供电局，是之后考的公务员。我们坐卜以后，她挑开话题，问，讲讲你吧，是怎么变成今天这个样子的？后来我知道，她就是这样的人，讲话像在做心理咨询。我先说了个纸飞机的故事，讲述当年我是如何飞出宿舍，啪一下摔地上，人就摔醒了。她说，十年前的事，你记那么清楚？我说，本来已经忘了，我今年二十六岁，总是想起十六岁的事，也许我二十七岁，就会想起十七岁的事，十年是个轮回。她说，你跑学校外头，是要去见谁？我说，见谁想不起来了，但比较重要。她说，听介绍人讲，你是搞艺术的？我说，美术编辑。她说，做编辑，是不是特会讲故事？我说，一张白纸，本应飘浮在空中，但是折成纸飞机，就能把空气划开，这事只要认真想一想，就会觉得神奇。她说，你谈过恋爱吗？我说，认真谈的，有那么一两个。

　　我开始交代刘青彤的故事，足足讲了两个小时。讲完之后，方薇又回到开头的问题，她说，你一开始说的，飞出学校，想要去见的人，是不是刘青彤？我说，有点像这么回事。她说，你这人鬼话连篇，我不知道哪些是真的，她现在去哪了？我说，我不知道，早就没联系了。她说，后来呢？还有别的事没有？我说，后来就出太阳了。她说，你挺会扯，也说了不少，但我总觉得，有些陌生。我说，这是回去等通知的意思？她说，你还没问我问题。我说，不知道从哪问起。她说，随便问两个，不然不合适。我说，你看书吗？小说或者诗歌。她说，你是不是在厕所待久了，见啥都像马桶撅子？我不看书，电影看一些。我说，有什么怪癖没有？方薇想了想，说，最近在家，喜欢用四条腿爬行。我说，搞行为艺术？她说，我养了只猫，我在学习跟它相处。我说，比跟人相处费劲？她说，那也得分人，好了，问题问完了，我该走了。她起身，优雅地抚过裙摆，拭去沾染的灰尘。林中雾气氤氲，小径寂寥荒芜，竹子上的叶片在风中摇摇欲坠，萧瑟如墓碑前的氛围。我望着她逐渐嵌入雾中的背影，有些心慌，也许她也和刘青彤一样，会成为我这辈子再也见不到的人。

和方薇分别后，我去见了王得翼。他现在是一名中学数学老师，结婚两年，妻子已经怀孕，名字想好了两个，一男一女，都是从《诗经》里翻来的。毕业多年，我有联系的人不多，他是一个。我们坐在桌子的两侧，喝酒聊天，总有新鲜事被翻出来，好像时间不仅往前走，也朝过去开辟一条新的岔路。在学校里，王得翼是全办公室最聪明的人，学生有不会的题，就来问老师，老师有不会的题，就来问他。他每天解开几十道数学题，然后安然下班，黄昏的夕阳照在回家路上，远处的铁轨上火车呼啸而过，在他的耳边隆隆作响。这是他的生活，以往几年都没问题。今天见面，他脸色有些憔悴，腋下夹着一张试卷，他摊开来，叠放到桌子上。他说，这道题，是一个学生问我的，我做了两天，没有做出来，这种事从没遇到过，像被掐住了脖子。

我接过试卷，看清了那道题，除了密密麻麻的公式，还有一些几何图案。我说，我毕业好几年，早就看不懂这个。他说，这就是问题所在，如果放在几年前，我可以轻松做出来。我说，也许是题目出了错。他说，不是这样的，我们到年纪了，你有没有想过？我说，没怎么想，我不急。他说，我老婆辞了职，孩子就要出生，只要我还解得出数学题，日子就过得下去，但我现在开始觉得吃力。我说，是钱赚得不够多？他说，不是，是脑子不灵光了，我的解题能力正在下降，有一天我写到一半，突然想不起八加五等于几，那些运算法则好像就在不远处，但我没法把它们据为己有。我说，你压力太大了，这种事照例不会发生。他说，以前我不敢跟人讲，讲出来就等于承认了它，最近愈加严重，我应该去看心理医生。我说，你神经紧绷，需要休息，最近还钓鱼吗？他说，不钓了，你在忙什么？我说，下午见了个人，聊了一会，她让我想起了刘青彤。他说，当你想找对象了，前女友就会在你脑海冒出来，这事我有经验。我说，我要麻烦你替我办件事。他问，什么事？我说，刘青彤她爹跟你爸以前在一家厂待过，你替我查查，看有没有办法能联系到她。他说，多少年前的事情，哪里还能找到？我说，她爹出过事，厂里人肯定有印象。他说，我回去问问，但依我看，悬。

晚上回家，我躺到床上，睡不着觉，起来翻高中毕业照，四百多号人，逐个寻去，找了两圈，与王得翼对视两次，但没见着刘青彤。我一拍脑袋，才反应过来，刘青彤当时已经被学校开除了，哪里还能站到毕业照上。在我们学生时代，只要有人中途下车，无一不是下落不明。她就这样消失了，好像从未存在过。我对着台灯发呆，越琢磨越觉得没劲，灯影在我的头顶晃荡，好像一片黑色的风筝，我跟爱迪生的联系都比她紧密，至少我还用他造的灯泡。

在我重新叨念起刘青彤后，街道上的大卡车就多了起来。我不自觉地跟到它们屁股后面，这些车开得很慢，让我有富裕的注意力去想事情。尤其是在高速公路上，要是恰巧碰见日落，我就会想起和刘青彤一起走回学校的那个傍晚。高速公路上的日落和别处不同，它不再高高在上，而是在远处等我。我是一颗迎上去的保龄球，蓄满了力要撞进它的鸿影当中。如果能在日落前抵达终点，就可以避开漫长的黑夜。也就是在这个时刻，我才意识到自己多么想念她，那是我尚未觉醒的年纪，整天忙于读书考试，一眼望去，生活密密麻麻，辨识不出今天和明天有什么不同。经过那个黄昏之夜以后，我不再迷糊，夕阳再也没法瞒着我偷偷落下，它变成了像闹钟一样的东西，提醒我黑夜即将来临。如果刘青彤还像当年一样，那么她应该藏在某一扇卡车后厢的铁门背后。夕阳落下，我总是跟着卡车来到工地上，最终被"社会车辆禁止入内"挡在门口。掉头出去的时候，我开始觉得自讨没趣。高中那会儿，我喜欢淋雨，雨点打在身上，是一种悄无声息的轻轻刺痛，很有快感。生了几次病以后，我开始厌恶雨大。如果连我都能改掉当年的怪癖，那么刘青彤也没有理由再蹲在车厢里面。这时我的手机亮起，是方薇发来的信息。

　　我又一次见到了方薇。她不像别的女孩，一面之交过后，就觉得我不靠谱，于是没有了下文。第二次见面，我们约在了山上，这是她提的建议。山路三公里，我喘着粗气爬到山顶时，方薇正席地坐在一棵松树下，气定神闲，面色从容。我说，这地方不错，风景够好。她说，你来了，你肯费力气爬上来，说明对我还有些心思，我们可以试试，你觉得怎么样？我说，上来就这么大一事？我得再想想。她说，你怎么皱着眉头，像在自首一样，跟你说实话，我爷爷得了病，快走了，没别的愿望，就是闭眼之前，想看我找到归宿。我说，你想让我帮你演戏？她说，我妈在我很小的时候就跑了，我爸不怎么管我，我算是跟着爷爷长大，我相亲见了许多男人，就觉得你会帮我。我说，要是演成真的了，怎么办？她说，那也好办，我不讨厌你，感情可以慢慢培养。

我没有再多说什么，天快黑了，蚊虫多了起来，这一带常有蝙蝠出没，当务之急是下山。我摇着头说得再考虑几天，她已经变得举止亲密起来。我总是因为不会拒绝，常常做出令自己后悔的事。就在这往回走的途中，我们定好了去见她爷爷的时间，戏该怎么演，如何把控局面，什么时候该使什么眼色，就连买果篮的店都挑好了。一些零碎的闲聊中，我提了两嘴刘青彤，感到氛围有些坏后，我又扯了点别的。和我上山时的状态不一样，背上好像扛了什么东西，不重，但让我有些行动不便。蹚浑水的嫌疑不断在我心中加深，方薇将地点约在山上是个明智之举，若非山路崎岖，石头硌脚，当晚我极有可能扭头跑掉。我看着她的背影，一些纤瘦的曲线，长发带卷，像扇子的折痕，在风中起伏晃动。又一个危险的想法在我脑门敲响，也许我这一趟必须爱上这个女人，才不算白跑。

到了周末，我去了医院。我来医院的次数极少，消毒水的味道令我难以适应，走进方薇爷爷的病房时，味道变得更加浓烈。方薇正坐在病床边，手撑着下巴打盹，见我来了，起身跟我说，爷爷刚醒了一会儿，现在又睡了。我把果篮放在床头的柜子上，看着病床上的老人，他的头发几乎没了，脸色有些发黑，皱纹很深，仿佛篮球上那几道嵌进去的线条。被子裹得严严实实，连个褶皱都没有。方薇向我介绍她爷爷的病情，得的是脑血管硬化，还有一串医学术语，我没有听太明白，总之是奄奄一息了，就是身体顶得住，脑子也快要神志不清。他醒来的时候，先朝我笑笑，脸上延展出新的褶子，身子稍微蠕动了一下，像是要起身跟我打招呼，我连忙过去扶他。方薇拉住我的肩膀，说，算了。她小心翼翼地把爷爷的背托回床上，这不到三十度角的挪动花了将近一分钟，好像他是一团即刻散架的灵魂。方薇用老家话向他介绍我，像在宣读简历，整个过程比我想象中寡淡，不需要我做些什么。我就站在床边，看着风透过窗户的缝隙，不断吹起蓝色的窗帘。

后来的日子，我经常到病房来，逐渐成了一种惯性，果篮里的水果没有人动，全进了我自己的肚子。病房里很安静，老人不常醒，但有时醒了，会说一长段的话，用的是老一辈人的方言，我听不清楚，只好不停点头，然后烧水倒水。阳光透过窗帘，静谧地照在床榻上。病房像一个关于生死的哲学盒子，这种氛围别处感受不到，我在那里能冥想一个下午。想起一些两年前的事情，感觉已经过了十年之久，但另外有些十年前的事情又觉得很近，过去的经历好像在难以梳理的状态下拥有了平等的距离，哪个事情想得更多，哪段经历就离得更近。

周末晚上，方薇约我到商场吃饭。市里一家新开的商场，弄得跟公园一样，过道里栽了不少花草，还有长椅和小路灯，中间建了个大蛋糕造型的喷泉。六点半的时候，我到了店门口，一家招牌上全是英文字母的餐厅，排队的人不少。我朝天花板上的玻璃窗外看去，天还没黑，已经有月亮的影子，吃完晚饭，要是和方薇到街上散步，就能看见明亮的上弦月。这时方薇来了，跟我说她订了位置。服务员带着我们往里走，方薇穿得很隆重，一件印花的淡色连衣裙，脚上是双白色高跟鞋。我有些惶恐，生怕她说出我应付不了的话。店里灯光昏暗，餐桌上摆了个小玻璃瓶，里面插一枝玫瑰花，花瓶边上还有个香薰蜡烛，比茶杯还粗。

点完菜，方薇从包里拿出一个文件袋，放到桌上，长吁一口气，说，我们结婚吧。我放下茶杯，抬起头，看她的眼睛，说，怎么到这一步了？她说，按照算命的说，你就是我结婚对象，刚开始有些难以接受，现在想明白了。我说，算命的还说啥了？她说，今年结婚，明年生孩子。我说，这两件事我都没准备。她说，你好好想想，你有什么可以遗传给孩子的？我说，咱们是不是扯得有些远？她说，行，那先说说近的，等爷爷走了，我们就结婚。我说，为什么要等他走？他不是最想见到你结婚的人？她说，办完喜事办丧事，不好，而且最近也没有吉日。我说，你想得挺周全。她说，你答应了？我说，没有。她说，那你问东问西？我说，你讲话有些霸道，要是碰上别人，饭都不吃了。她说，我知道你不会，而且我越是这样，你就越来劲。我说，这也是算命的说的？她说，算是。我说，这卦挺准，什么时候带我算算？她说，你要算什么？我说，算算我命里还有没有别人？她说，刘青彤，你还惦记她吧？怎么长了十岁，情感还在原地踏步。我没有说话。

聊到这时，菜一个接着一个端上来，高高矮矮的盘子，大小不一，冷热不均，但都密集地聚在中间一小片，周围是大量留白。它们救场及时，热气升腾，杯盘撞击。方薇用头绳扎起辫子，准备吃饭。前些天我还在为新长的智齿发愁，到了此时，我的牙齿格外有力，嚼起东西来劲道十足。一边嚼我一边咂摸，有没有什么值得一聊的话题，只要远离情感话题，远离柴米油盐和婚丧嫁娶，就是聊天体行星，也不至于如此要命。但是昨晚的球赛，我不知道她看没有看。

方薇大概看出了我的局促，说，既然你不想谈这些，我们说说别的。她把手边的文件袋朝我推了推，继续说，我今天见你，不全是为了刚才那些事，你认识我，算你走运，不然有些事情，你一辈子搞不明白。我听得云里雾里，但是方薇没打算让我插话，她接着说道，我不知道你听过一种说法没有，认识六个人，你就可以认识全世界的人，我跟你虽然认识不久，但还有些别的机缘。方薇端正了椅子，喝下一口茶，用毛巾擦去嘴角的水渍，然后开始向我讲述：

我在进供电局工作前，在吉山街那个大学当过一段时间心理老师，大概是六年前的事情，最远不超过七年。除了工作外，我还给学校心理社团做辅导，有阵子他们搞了个活动，每周三向市民提供免费咨询，知道这个电台的人很少，都是一些邻近的亲友。有一次轮到我值班，一个女孩打来电话，聊了很久。她父亲早逝，母亲脾气暴躁，经常吵架，摔东西，这样的环境里长大，多少会有些问题。十六岁的时候，她得了个怪毛病，她说每次只要一听到巨响，就会有个人跑出来保护她，因为她无法忍受超过八十分贝的声响，据说跟她父亲的死因有关。我问，这有什么问题？她说，她不知道那个人是谁，像个透明人一样，但是可以确定，只要有巨响他就会出现。这事让我蛮感兴趣，后来我见了她一面，做了几次测验，我怀疑那个人是从她身体里跑出来的，她自己不知道，就是有时候看手表，会发现时间突然消失了一段，聊到这里，我就明白了。我们保持了一阵联系，我教她怎么治疗，她的症状不严重，不像电影里演的那么玄乎，只是比平常人更容易情绪失控而已。但是没多久，我们联系断了，我不知道她是痊愈了，还是变得更坏了。这是我当时写的记录表，你可以看一看。

我打开文件袋，拿出表格，上面的名字，多年未见。一如当年，她离校之后，老师发前一天批完的试卷，有一张还写着她的名字，发到我手里，刹那间有些甘之如饴，但是看向她的座位，已经空空荡荡。我把试卷叠在她桌上，像在湖面上放只千纸鹤，茕茕孑立，不知道会漂到哪里。一直到今天，才有了新的消息。我看完，把表格塞回去，回不过神来，饭还没吃够，但已经难以消化。方薇拿出补妆包，开始涂口红，是准备走了。我问，下次还见吗？她说，现在这时代，找个人不难，你先把事情解决了。我说，谢谢你，以后你生小孩，实诚的品质一定能遗传给他。她说，俏皮话就先说到这，你得空，多跑几趟医院。说完，她摘去头绳，头发披散下来，拿起包，朝门口走去。

我给王得翼打了个电话，还没开口，他已经知道我要问什么。他说，事已经办妥。我看了眼时间，刚过七点半，不算晚，于是去停车场拿车。从商场开车去他家，不到二十分钟，我来到他家楼下，一个近郊的小别墅，三层都亮着灯，简直像个宫殿。敲了一会儿门，没反应，听到天台上有声音，一个黑影从天而降，余光里瞥见一只巨大的蝙蝠。我凑近一看，是王得翼，身上裹着个纸板做的飞机模型，两边是机翼，中间是机身，下面还有几个轮子，他人直挺挺地趴在机身上，像是在做俯卧撑。我扶他起来，随即闻到一股刺鼻的酒精味，我问，有事没有？他说，是不是哪里没琢磨对？这纸飞机顶个屁用。我说，当年我也摔得不轻，少喝点酒，下次走正门。话没说完，就听到屋里传来他妻子的吼声。

我说，吵架了？他说，不只，得离婚。我说，你要不要先醒醒酒？他说，我清醒得很，但我开不了车，我上你车，你开，我指路。我说，去哪？他说，我酒喝你肚子里了？当然是去刘青彤家。我说，太晚了，不合适。他说，别磨叽。王得翼穿着拖鞋，睡衣外裹了件白袍，跌跌撞撞上了车，刚坐好又走下来，把地上的纸飞机收拾了下，扔到了车的后座。一路上他炮火连天，我从未见他如此牢骚。他说，我被学校停课了，一元二次方程，一下午解不出来，我人是彻底完啦，但我这病还有点研究价值。我说，我认识个心理医生，回头介绍给你。他说，我是这么觉得，人生在世，出了事先得忍一忍，我当不成数学老师，是老天要指派我去干别的事，婚姻也一样。我说，你又有什么主意？他说，我想学琴，我手大，有天赋，乒乓球一把能抓八个，最差也能当个小学音乐老师，你车开慢点，我胃不舒服。

我打开车窗，夜色有点浓，已经到了乡下，道路两旁是树，路灯一个没有。路很窄，天很空旷，风一吹，灌木丛就响，大自然在摇它的储钱罐，窸窸窣窣，好像随时都有不明动物要蹿出来。我说，刘青彤怎么会住这？王得翼说，她现在跟她奶奶住，就住乡下。我又往前开了几十米，天空中突然炸开一朵烟花，亮得有些睁不开眼。烟花散去后，夜晚沉默了一会儿，光形成的影像还停留在视网膜上，眼睛一眨就是一团四溅的星花。我说，刚刚那个烟花，是不是没有响声？王得翼说，你也喝晕啦？烟花怎么可能没有响声？我说，如果是刘青彤放的，倒是有可能。

几分钟之后，车已经开到了道路尽头，前面是一条河流，不宽，十步路的距离。王得翼说，刘青彤就在前头。我说，过不去，找找有没有桥。王得翼朝西指了指，说，桥是有，好像上了锁。我沿着他指的方向看去，一座石桥上框了个铁门，插在中间，用U形锁锁住。我心想，这村子的防范意识还挺强，一看时间，十一点还没到。王得翼说，恐怕是白来了，等明天吧。我掐灭发动机，握着方向盘，想了一会儿，说，后座那个飞机，还能用不？他愣了几秒钟，说，我不敢打包票。我说，没事，我会游泳。

下车后，我们把模型从后座取出，摸着黑把它组装起来。田里的蛙在叫，水面上有一圈一圈的波纹，不知道是不是鱼游过。装好最后一个零件时，我变得紧张起来，不是因为即将起飞，也不是害怕坠落。在这样一个多事的夜晚，一个荒谬的念头越来越强烈，我只有坐上这架飞机，才能重新见到刘青彤。它像一道咒语，在屡次兜转中终于有了面目。我趴在机身上，王得翼站到我身后，问，准备好了吗？他开始推动飞机，我听到轮子摩擦地面的声音，就在我的胸腹底下，有些生硬，让人无法信任。风从我的额头间划开，形成一个果仁形状的屏障，把我包裹住。夜色昏沉，不见五指，我无法辨别眼睛是睁开还是闭合，唯一能够确定的是，跨过这条河流并不容易。

四

这么多年以来，我一直在琢磨两件事。第一件是，假如能再见到刘青彤，我该说点什么。现在我已经想好，我要告诉她，从她离开后算起，我没有跟别的女生做过同桌。那年她已经知道如何去当一个大人，而我还是个学生。跟班主任周旋反抗，只是为了不和别人当同桌，哪怕坐到讲台旁也在所不惜，没有人知道我着了什么魔。纪念是一个人的事，尽管如今看起来无足轻重，甚至十分幼稚，但在我十八岁之前，这是我唯一能做的事情。好像也只有这样，我才能多留住她一点，让她在成为虚幻的记忆之前，多增加一些实体的真实。

这几年我画了不少画，算是业余爱好，得过一些市里的小奖，在地方上有点名气。之所以学这个，是当年和她一起去博物馆的时候，临近出口的地方，我看到一个青年画家的画廊，心里有个想法。前段日子，我找了好几层关系，终于把我的画作挂进了画廊，了却一桩心愿。我画的是一个穿黑白格子衬衫的少女，托着一只手，站在大象旁边。那只大象很大，也许是全世界最大的大象，主要大在肚子。据我估计，可以容下一个人的分量。

第二件事发生在刘青彤被开除的那天下午，我们用美术教室的纸片叠成纸飞机。我飞出宿舍后，落到地上，摔得不轻，摸了一圈，没有骨头断掉。我沿路跑去，追上了刚离校的刘青彤。这一趟走后她不会回来，但背影依旧挺拔得像个刚放学的学生。我说，你妈呢？怎么没来接你？她说，她丢不起这个人。我说，我送你回家。她说，你怎么出来的？我说，我坐飞机出来的。她说，什么飞机？我说，纸飞机，比我人还大，自己折的。她说，我不信，回头给我折一个。我说，好，但你以后怎么办？她说，我不知道。

我就这样陪着她，一直走到太阳落山，反复地回到这个问题上。经过垃圾站的时候，刘青彤脱下书包，放到垃圾桶边上，说，你别问了，我已经离开学校，没有心思再解题了。我说，你回了家，也要好好过日子。她说，我不想回家了。我说，那去哪？她说，我想去高速公路上，可以再陪我看一次日落吗？

经过闹市区的时候，我们绕到了商场后面，这里到处都是集装箱。刘青彤已经是惯犯，尽管第一次被人发现被轰了下来，第二次还是成功蒙混了过去。这辆车的货厢门上有一扇小窗，可以看到外面的光景。车子离开市区后，上了高速，朝东边开，车速不算快，像是准备跑长途。车开了一小时后，刘青彤的情绪逐渐稳定，屈腿坐在角落里，手指在膝盖上弹奏，一言不发，但脸上已经没有了愠色。太阳就在我们眼前，慢慢地从空中挪到公路以下，路灯亮起，黑夜就要来临。

她站起身来，说，你就送我到这吧。我说，不，我送你到终点。她说，这儿就是终点。我说，车还没停。她说，我有办法让车停下来，停下来之后，他们就会来开门，你什么也不用管，只管跑，明白吗？我说，那你呢？她说，我也会跑，但为了保险，我们必须分两头跑。我说，我什么时候才能再见到你？她没有回答我，从口袋里掏出一个甩炮，举过头顶，用力朝角落甩去，一声轰鸣过后，车停了下来。刘青彤突然像换了个人，她站在我的面前，轻轻握住拳头，挡去大部分的光亮，这一刻的到来毫无预兆。车门正在打开，落日余晖像果浆一样黏稠地照进来。她眼神坚毅，摆正姿势，我从未见过如此富有张力的身体，仿佛棋手准备落下决定胜负的那颗棋子，世间的一切困扰都成了她眼里的小孩把戏。

不可含怒到日落，她突然说。什么意思？我问。她说，你记着这句话，也许有用。我说，我记着了。她回头看了我一眼，然后跳下车厢，朝着夕阳奔去。最后一个画面，是她的白衣在风中飘荡，公路像一座通天塔，她那双白色的小球鞋，下一脚就要踩进夕阳里，溅起一片橘红色的水花。她就这样迎天而去，从此以后，只有坐上飞机，我才能重新见到她。